MAUVAISES FRÉQUENTATIONS

DANS LA MÊME SÉRIE

1. *Le pouvoir des Trois*
2. *Le baiser des ténèbres*
3. *Le sortilège écarlate*
4. *Quand le passé revient*
5. *Rituel vaudou*
6. *Menaces de mort*
7. *Le violon ensorcelé*
8. *Le secret des druides*
9. *La fiancée de Nikos*
10. *La statue maléfique*
11. *La sorcière perdue*
12. *Mauvais esprits*
13. *Le jardin du mal*
14. *Démons sur le Net*
15. *Mauvaises fréquentations*
16. *L'ombre du sphinx* (octobre 2003)

Charmed™

MAUVAISES FRÉQUENTATIONS

Une novélisation de Diana G. Gallagher
d'après la série télévisée « Charmed »
créée par Constance M. Burge

Fleuve Noir

Titre original :
Dark Vengeance

Traduit de l'américain
par Florence Mantran

ISBN : 2-265-07526-4
ISSN : 1627-8364

Dans la pièce régnait une tension intense alors que Paige s'asseyait péniblement et repliait les doigts. Elle hésita un moment, puis lança les mains en avant, ordonnant :

— Télécommande !

Léo grimaça quand rien ne se passa. Mais un instant plus tard, la télécommande se désagrégea lentement en particules qui se mirent à dériver vers les paumes ouvertes de Paige avant de se reformer. À première vue, l'ensemble lui parut correct, mais en y regardant mieux, il s'aperçut que les numéros des chaînes étaient placés en dépit du bon sens.

— Mon Dieu, dit Paige quand il lui montra son œuvre, c'est vraiment pire qu'hier, en effet !

— C'est ce dont je voulais m'assurer, déclara Léo. Il s'est passé quelque chose qui a brusquement diminué vos pouvoirs. Et ça date d'hier, au plus tôt.

Les jeunes femmes se regardèrent, déconcertées.

— Mais, quoi ? demanda Paige, de plus en plus intriguée. Il ne s'est rien passé pour moi.

— Si, il s'est passé quelque chose… que tu n'as pas forcément remarqué. Tes pouvoirs se sont amenuisés d'un coup et tu te sens épuisée en permanence. Ce n'est pas normal.

» Tout ce que je sais, c'est que, ces derniers jours, vous êtes tombées sur quelque chose que vous n'aviez jamais rencontré auparavant. Et ça vous est arrivé deux fois, déjà !

1

— Ces chaussettes ne vont pas ensemble.

Assise sur le lit, Phoebe Halliwell regardait son fiancé, Cole Turner, faire son sac. Comme d'habitude, elle ignorait là où il partait et combien de temps il allait s'absenter. Mais c'était toujours ainsi et elle ne lui en voulait pas. D'une façon ou d'une autre, il devait assumer la mort de sa moitié démon, et ce n'était pas de tout repos.

— Ah bon ! s'étonna-t-il en considérant la paire qu'il tenait à la main.

Une chaussette bleue, l'autre beige… Cela ne semblait lui faire ni chaud ni froid, à vrai dire.

Se couchant sur le côté, le menton calé dans une main, Phoebe prit un air songeur. Comment accepterait-elle le fait de perdre ses pouvoirs à jamais ? Elle se sentirait bien sûr inefficace et privée d'une partie d'elle-même, quelque chose d'aussi précieux qu'irremplaçable.

Voilà pourquoi elle comprenait le départ de

Cole. Il avait besoin de s'éloigner, de prendre un peu de temps pour réfléchir et apaiser la crise d'identité qui le tourmentait.

— De toute façon, là où je vais, ça n'a aucune importance, ajouta-t-il en jetant deux paires dépareillées dans son sac avant de le fermer.

— Pourquoi ?

— Je crois que les truites ne voient pas les couleurs.

— Tu vas pêcher ?

— Ça se pourrait.

Intriguée, Phoebe n'osa pourtant pas insister. Elle sauta du lit et lui passa les bras autour du cou.

— O.K., je te pardonne cette grave faute de goût… du moment que tu me reviens vite et entier.

— Compte sur moi, dit-il en lui déposant un baiser sur le front. Je n'ai pas l'intention de m'éterniser, tu sais. Mais il faut vraiment que j'y aille, maintenant.

Phoebe hocha la tête et le suivit dans l'escalier. Malgré l'assurance qu'il montrait, elle ne pouvait s'empêcher de penser qu'il ne lui disait pas tout. Mais, surtout, ne pas commencer à gamberger, sinon elle deviendrait folle.

— Quand commencent tes cours d'informatique ? lui demanda-t-il devant la porte d'entrée en cherchant ses clés dans sa poche.

— Ce soir.

Elle sourit en se rappelant qu'elle s'était inscrite pour suivre des « leçons de Web ». Si elle n'avait pas l'intention de devenir milliardaire avec cela, elle pouvait au moins se faire un peu d'argent de poche en créant des sites sur le Net.

— Alors, bon courage, ma chérie, souffla Cole avant de l'embrasser tendrement. Je reviens dans quelques jours.

— Je t'attendrai, murmura-t-elle.

Sur le porche, elle attendit que la voiture de son fiancé ait disparu au coin de la rue avant de refermer la porte.

La maison lui sembla alors étrangement vide.

— Cole prend son petit déjeuner avec nous ? demanda Piper au moment où Phoebe entrait dans la cuisine.

— Non, il vient de partir, répondit-elle en se servant un grand verre de jus d'orange.

— Encore ? s'étonna Paige, plongée dans le journal du matin. Où est-ce qu'il est allé, cette fois ?

Piper soupira à cette question. Bien sûr, Paige n'était ni méchante ni insensible mais elle était aussi novice dans l'art d'être sœur que dans celui d'être sorcière. Enfant unique, elle ne discernait pas toujours les sujets familiaux qu'il valait mieux éviter.

Comme maintenant, songea Piper en servant

une omelette à Léo. Ce n'était pas le moment de discuter des absences de Cole alors qu'il venait de partir pour une destination inconnue.

— Il est allé pêcher, lui répondit Phoebe.

— Ah, bon ?! lâcha Paige en écarquillant les yeux. Je ne lui connaissais pas cette passion. Ça me paraît tellement… statique, comme activité.

Piper ne manqua pas de noter la pointe de sarcasme derrière la remarque de Paige. Sa jeune sœur n'avait aucune confiance en Cole depuis le jour où elle avait découvert qu'il avait passé le dernier siècle à mener une double vie – celle du démon Balthazar et celle de l'humain qu'il était aujourd'hui devenu à part entière. Et elle n'avait pas l'air de se rendre compte que son manque de foi en sa rédemption blessait Phoebe. Mais celle-ci fit mine de ne pas s'en formaliser.

— Ton omelette est délicieuse, hasarda Léo dans l'espoir de changer de sujet.

— Merci… souffla Piper. Mais ne t'imagine pas, mon tendre époux, que je ferai ça tous les jours.

— Et pourquoi pas ?

— Parce que tu t'y habituerais, reprit-elle en saisissant sa tasse de café, et je ne veux pas que ça devienne un dû pour toi. Tu comprends ?

— Euh… oui, répondit-il d'un air dépité.

Piper se laissa tomber sur une chaise et jeta un regard dur à sa sœur.

— Qu'est-ce que tu as, ce matin, Piper ? lui demanda alors Paige.

— C'est le cafard du lundi, observa Léo. Tout le monde semble un peu stressé, on dirait.

— Je n'ai rien, rétorqua Piper sur un ton sec.

Puis, se tournant vers Phoebe, elle ajouta :

— Est-ce que Cole a l'intention de pêcher un poisson particulier ?

— Tu peux commencer à chercher des recettes de truite... au cas où il parviendrait à sortir quelque chose de l'eau !

— D'accord, je me mets au travail. Quand est-ce qu'il revient ?

— Je n'en sais rien, exactement, répondit Phoebe d'un air triste. Dans quelques jours, j'espère.

— Ah, tant mieux parce que je t'avoue que ça ne me disait rien de vider des poissons pour le dîner de ce soir.

— Tant mieux pour moi aussi, renchérit-elle.

Tous les trois tournèrent vers elle un regard interloqué.

— Parce que ce soir, continua-t-elle, j'ai mon premier cours d'Internet.

— Oh, c'est vrai, j'avais oublié, dit Piper. Je croise les doigts pour que ça marche.

Elles ne savaient jamais quand elles pouvaient avoir besoin du Pouvoir des Trois pour sauver un innocent des griffes d'une puissance maléfique.

En conséquence, Piper ne voulait pas que Phoebe soit prise toute la journée par un emploi à plein temps.

Piper, en revanche, n'avait pas ce problème car le night-club où elle travaillait – le *P3* – lui appartenait. C'était une importante responsabilité mais qui lui laissait en même temps toute liberté de mouvement.

Paige, quant à elle, était assistante sociale. Bien qu'affligée d'un patron parfois grincheux, elle avait la possibilité de se libérer à peu près quand elle le voulait lorsque ses devoirs de Charmed l'exigeaient.

Et les chances qu'avait Phoebe de trouver un métier aussi flexible que celui de ses deux sœurs étaient quasiment nulles. À moins qu'avec le Web…

— Créatrice de sites Internet, ce serait génial ! s'exclama Paige.

— Oui, puisque mon diplôme de psycho ne me mène manifestement nulle part, soupira Phoebe.

— Et puis on ne cracherait pas sur un petit peu d'argent en plus, ajouta Piper en jetant un coup d'œil entendu sur les factures qui s'empilaient.

— Voyons d'abord si je tiens jusqu'à la fin du cours, dit Phoebe. La technologie, ça ne me vient pas aussi facilement que la magie.

— Je suis sûre que tu capteras très vite, intervint

Paige. Et, bientôt, tu monteras une entreprise de création de sites qui va faire un tabac !

— Là, je crois que tu vas un peu loin. Mais, merci pour les encouragements. Et puis, ce sera plus facile de me concentrer, sans Cole dans les parages pour me distraire.

— À propos de distraction, dit Léo en repoussant son assiette, je pensais qu'on pourrait peut-être…

— Non ! coupa sèchement Piper.

Bien qu'elle se sentît coupable d'avoir un peu négligé son Être de Lumière, ces derniers temps, elle n'avait pas l'intention d'en discuter devant ses sœurs.

— On n'a pas le temps de s'amuser, Léo.

— Tu es donc si occupée que ça ? la taquina Phoebe.

— Parfaitement. Entre le règlement des factures, le repassage des chemises de Léo, les courses et les auditions des groupes qui doivent remplacer les *Rock Bottom* au *P3*, je peux t'assurer que je suis débordée ! Et, comme si ça ne suffisait pas, j'attends une importante livraison au club, cet après-midi, que j'aimerais ranger avant l'ouverture de ce soir.

— C'est pour ça que je te proposais de l'aide, insista doucement Léo.

— Surtout pas ! La dernière fois, tu t'es complètement trompé dans la liste que je t'ai donnée.

— C'est vrai, je reconnais que j'étais un peu pressé, ce jour-là.

— Piper, je te trouve bien stressée, en ce moment, observa Paige en finissant son café. Si tu ne te calmes pas, on aura tous bientôt les nerfs en pelote.

— Tu crois peut-être que les choses vont s'arranger d'elles-mêmes ?

Aussitôt, elle regretta sa remarque. Ne venait-elle pas de refuser l'aide de Léo ? Peut-être en faisait-elle trop, finalement.

— Où as-tu vu écrit que tu devais tout faire toute seule, Piper ? lui demanda Phoebe. On n'a qu'à s'y mettre tous, c'est tout. On a du temps et on n'est pas totalement incapables… quoi que tu en penses.

Piper resta songeuse un instant, avala une longue gorgée de café puis laissa tomber :

— C'est vrai que je suis un peu à cran. Désolée… Mais j'ai toujours un peu de mal à déléguer.

— Eh bien, il va falloir que tu apprennes, reprit Phoebe en souriant. Alors, voilà ce que je te propose : je repasse les chemises de ton cher et tendre pendant que tu t'occupes des factures.

— Et moi, je t'aide à ranger la livraison au *P3*, ajouta Léo.

— D'accord, fit Piper en hochant la tête.

Si au moins elle avait l'art de savoir exprimer sa reconnaissance. Mais les mots n'étaient pas son fort, ses sœurs le savaient bien. Cependant, quelques cookies aux pépites de chocolat suffiraient à faire passer le message, elle en était certaine.

— Pendant que tu t'occupes des auditions, Paige pourra faire quelques courses en revenant du boulot, suggéra Phoebe.

— Euh… c'est que… je ne pourrai pas, balbutia Paige en rougissant.

— Un… rendez-vous important ?

— Oh, j'aimerais bien, soupira-t-elle. Mais mon calendrier du cœur reste désespérément vide.

— Alors… il y a quelque chose de diabolique que tu ne nous dis pas ?

— Oh, non. J'ai seulement accepté de tenir la permanence pour le repas de ce soir, au refuge de la 5e Rue.

— Tu ne l'as pas déjà fait la semaine dernière ? interrogea Léo.

— Oui, mais Doug avait besoin d'aide, cette semaine aussi.

— Alors tu t'es proposée de nouveau, commenta Piper en se levant pour débarrasser la table. On dirait que je ne suis pas la seule à vouloir trop en faire, finalement.

— Toi aussi, tu devrais penser à te calmer, Paige, lança Phoebe sur un ton moqueur.

— Mais ça n'est que pour une semaine, protesta-t-elle faiblement. Et Doug a besoin de quelqu'un de compétent.

— Je suis sûre qu'il est entouré de bénévoles tout à fait compétents, Paige, dit Piper. En revanche, tu es la seule dans ce refuge à avoir des pouvoirs magiques qui te permettent de lutter contre les démons et sauver des innocents.

— Oui, mais je ne peux dire ça à Doug.

Et puis, comment tourner le dos à la misère humaine même si des puissances malveillantes et surnaturelles menaçaient ?

— Tu ne peux pas non plus guérir à toi toute seule tous les malheurs des mortels, lui fit remarquer Phoebe.

— Peut-être, mais je peux essayer, rétorqua-t-elle en attrapant son sac pour se diriger vers la porte d'entrée.

2

— Léo, où es-tu ? demanda Piper, le récepteur coincé entre l'épaule et le menton. J'attends ma livraison d'une minute à l'autre.

— Désolé, mais il y avait une fuite dans les toilettes du premier, lui expliqua-t-il.

— Comment ça ?

— Je n'en sais rien mais je ne te raconte pas la répugnante marée que ça a créé à l'étage.

Lâchant un grognement, Piper se tourna vers la scène où l'orchestre commençait à déballer son matériel, puis ajouta en murmurant :

— Et… tu crois que ça va coûter combien ?

— Rien. J'ai réussi à déboucher le conduit moi-même. J'arrive dès que j'ai fini de nettoyer.

— Tu es super, Léo. Mais, rappelle-toi, ne fais pas une entrée trop spectaculaire ici.

La spécialité de tout Être de Lumière étant de se téléporter et d'apparaître dans une nuage de lumière étincelante... cela ne constituait pas la façon la plus sûre d'arriver inaperçu.

— Quel est le groupe que tu auditionnes ?

— Ils s'appellent *Esprit Vengeur* ; du celtique, d'après Mason Hobbs.

Laissant tomber dans l'évier le chiffon avec lequel elle essuyait le bar, le téléphone toujours collé à l'oreille, Piper tourna de nouveau la tête vers la scène. Elle utilisait les services de cet agent depuis l'ouverture du club et jamais il ne l'avait déçue. Elle espérait seulement qu'aujourd'hui ne soit pas la première fois...

Nouveau dans la région de San Francisco, *Esprit Vengeur* demandait un cachet raisonnable et avait surtout eu la bonne idée de se présenter pile après la défection des *Rock Bottom*. Composé de trois beaux garçons et d'une ravissante fille, le groupe semblait assez branché pour plaire à la clientèle du *P3*. Si les gens aimaient danser sur leur musique, Piper n'hésiterait pas à les engager pour trois soirées consécutives.

Karen Ashley, une liane blonde aux yeux bleus et au teint de perle, saisit un tambour et une baguette et commença à taper en rythme une sorte de roulement qui évoquait des images d'Irlande et d'anciennes batailles. Quand elle eut terminé, elle ajusta la tension de la peau puis replaça l'instrument sur un chevalet de bois. Comme elle glissait la baguette dans sa poche, elle remarqua le regard de Piper, lui sourit et déclara :

— Ça s'appelle un bodhran.

— Oh… répondit Piper, impressionnée par sa démonstration.

Elle avait cependant du mal à imaginer les danseurs du *P3* en train de se trémousser sur des rythmes primitifs.

— On sera prêts dans quelques minutes, lui annonça Karen.

— Commencez quand vous voudrez. Je vous entendrai, de toute façon.

Son sourire s'évanouit dès qu'elle eut tourné le dos à la musicienne.

— Ma journée ne s'arrange pas, souffla-t-elle à Léo au téléphone. Tu peux te dépêcher, s'il te plaît ?

— Je suis là dans une demi-heure au maximum, promit-il. Détends-toi, O.K. ?

— D'accord… si tu promets de ne pas tarder.

Elle raccrocha, ferma les yeux et lâcha un profond soupir.

Comment se détendre quand tout se mettait à aller de travers ? À court de chèques pour régler ses factures, elle avait dû passer à la banque pour prendre des mandats, ce qui n'avait fait que retarder son arrivée au club. Tout cela pour trouver en arrivant un wagon entier de verres qui attendaient d'être lavés car, la veille, le barman avait fermé le

P3 juste après le départ du dernier client... sans rien nettoyer derrière lui. Et Dixie, la serveuse, qui était partie en catastrophe en précisant dans un petit message que l'étudiante de remplacement qui gardait son enfant n'avait pas l'intention de passer la nuit à veiller...

Avec la chance que j'ai, se dit Piper, *sa baby-sitter ne reviendra évidemment pas ce soir.* Glissant le dernier verre dans le rack de bois au-dessus d'elle, elle vit arriver Dixie, tout sourires, qui avait finalement trouvé quelqu'un pour s'occuper de son cher bambin. Tout bien considéré, elle songea qu'elle avait une chance énorme !

— Venez vous asseoir, Piper, lui dit alors Karen d'une voix rauque et voluptueuse. On est prêts à commencer.

— J'arrive, répondit-elle en s'essuyant les mains sur son jean.

Elle avait fini sa corvée de nettoyage et le camion de livraison était en retard : il ne lui en fallait pas davantage pour s'offrir une petite pause et boire un soda.

— Vous allez adorer, lui lança Daniel Knowles en ajustant le micro au-dessus de son clavier.

Grand, brun, athlétique, il avait un sourire ravageur et un pétillant regard noisette qui lui donnaient un charme infernal.

— Tout le monde nous aime, ajouta-t-il avant de se coller un casque sur les oreilles.

C'est sûr que les femmes vont l'adorer, songea Piper en se remplissant un verre de tonic. Pour une raison qu'elle ne parvenait pas à s'expliquer, elle trouvait que l'arrogance allait très bien aux musiciens sexy !

— Où jouiez-vous avant de venir à San Francisco ? demanda-t-elle en s'asseyant et en posant les pieds sur une table basse.

— Chez Kenny, répondit le bassiste, un beau ténébreux nommé Lancer Dunne.

— À Kennebunkport, précisa le batteur, Brodie Sparks, en rejetant en arrière une lourde mèche de cheveux roux.

Sa bouche sensuelle s'étira en un sourire malicieux lorsqu'il ajouta :

— Et dans d'autres villes, tout le long de la côte Nord-Est, si vous voulez savoir.

— Vous êtes loin du Maine, commenta Piper sans vraiment le croire.

Elle ignorait si Kenny était un bar ou un garage que leur aurait loué quelqu'un. Mais, du moment que l'orchestre jouait au *P3*, c'était l'essentiel.

— Ça, c'est bien vrai, remarqua Lancer en jouant un riff rapide sur sa guitare.

Puis il s'écarta tandis que Karen s'approchait du micro central.

Voyant Daniel et Brodie accorder une attention immédiate à la beauté blonde, Piper n'eut pas à se demander qui dirigeait le groupe.

— Pourriez-vous me passer la flûte, Piper, s'il vous plaît ?

— Bien sûr, lâcha-t-elle non sans se sentir agacée par cette demande.

Si elle engageait *Esprit Vengeur* dans son club, ce n'était pas pour se plier à leurs quatre volontés. Elle allait devoir mettre les choses au clair avec eux. Et sans tarder.

Sortant l'instrument de son étui doublé de velours, elle eut l'impression d'avoir entre les doigts une véritable pièce d'antiquité. Il était orné d'un délicat motif sculpté dans le bois, et Piper dut reconnaître que le travail artisanal en était superbe. Elle tendit alors la flûte à la jeune femme.

— Merci, lui dit Karen en refermant dessus sa longue main.

C'est alors que Piper fut saisie d'un étrange étourdissement. Lâchant l'instrument, elle s'agrippa un instant au bord de la scène. Mais la sensation passa aussi vite qu'elle était venue. Comme elle retournait s'asseoir, elle se rappela qu'elle n'avait mangé ce matin qu'un petit toast pour accompagner son café. Bah, une poignée de cacahuètes chipées au bar résoudrait le problème.

Ça attendra la fin de l'audition, songea Piper tandis que Karen laissait échapper de sa flûte une longue note douloureuse. Un son infiniment mélancolique qui la pénétra jusqu'au plus profond de son être, réveillant soudain la tristesse qui restait tapie dans son esprit depuis la disparition de Prue. Cette troublante impression de désespoir la quitta cependant dès que Karen entama une gigue aux accents typiquement irlandais.

Ah, bien mieux… se dit Piper en levant vers les musiciens son verre de soda. Puis, avec un soupir satisfait, elle se recala dans son siège. Pourquoi se laissait-elle déstabiliser ainsi par de petites choses aussi insignifiantes ? Phoebe, Paige et Léo avaient eu raison de lui faire remarquer que le stress qu'elle s'imposait était dangereux et carrément improductif. La vie était trop courte pour se faire dévorer par les soucis de tous les jours.

Bien que les airs que lui proposait *Esprit Vengeur* lui paraissent totalement inappropriés pour la clientèle du *P3*, la mélodieuse musique qui l'enveloppait procurait à Piper une espèce de légèreté qui lui faisait oublier tous ses problèmes. Souriant et tapant du pied en rythme, elle décida, par politesse, de rester assise jusqu'à la fin de l'audition. Tout en se rendant à l'évidence que Mason Hobbs devrait rapidement lui trouver un autre orchestre.

Trente secondes plus tard, cependant, elle jugea que ce ne serait pas nécessaire. Au son mélodieux et envoûtant de la flûte, Brodie se lança soudain dans un vibrant solo de batterie, auquel se joignit bientôt Lancer en y ajoutant de vibrants accents à la guitare basse.

Bientôt, Piper ne put s'empêcher de se balancer en suivant le tempo entraînant de la musique tandis que la chaleureuse voix de contralto de Karen se mêlait aux cordes synthétiques du clavier de Daniel.

Soulagée de ne pas avoir à renvoyer le groupe, finalement, Piper acheva sa boisson, ferma les yeux et se laissa emporter par l'incroyable série de notes qui lui envahissaient l'esprit.

Lorsque les quatre musiciens s'arrêtèrent de jouer dans un unisson abrupt et précis, elle eut à peine le temps de s'habituer au brusque silence que le groupe entonna une douce ballade... qui, à coup sûr, saurait unir de nombreux couples sur la piste du *P3*.

Ils achevèrent leur prestation sur un air rapide qui venait de faire une entrée remarquée dans le hit-parade. *Esprit Vengeur* était sans aucun doute conservateur.

— Oui ! s'écria Piper en applaudissant.

— Ça veut dire que vous nous aimez ? lui demanda Daniel sur un ton angélique.

— Mais oui ! Vous êtes super !

— Alors, quand est-ce qu'on commence ? interrogea Karen en sautant de l'estrade pour aller reposer sa flûte dans son étui.

À voir le soin extrême avec lequel elle manipulait son instrument, Piper en déduisit que cet objet devait lui être très précieux.

— Hier, ç'aurait été bien, marmonna le ténébreux bassiste. J'ai l'estomac dans les talons.

— Vous avez faim ? s'étonna Piper. Vous êtes fauchés à ce point ?

Une main sur la bouche, elle regretta aussitôt sa plaisanterie, non sans remarquer que Karen la fixait d'un regard intense.

— On accepterait volontiers de jouer ici, répondit Daniel.

— On a un besoin urgent de se produire, ajouta vivement Karen. Mason dit que le *P3* est l'un des clubs les plus tendance de la ville.

Aux anges, Piper jeta un coup d'œil à l'entrepôt qu'elle avait fait transformer avec succès en l'un des endroits les plus recherchés par les célibataires de San Francisco.

— On est complets tous les soirs où l'on fait jouer un bon orchestre, avoua-t-elle non sans fierté.

— Et c'est un bon orchestre que vous avez devant vous, lâcha Daniel sur un ton laconique.

— Un bon orchestre… que j'engage sur-le-champ.

— Alors, on commence jeudi ? insista Karen sans paraître nullement impressionnée.

— De 21 heures à 1 heure, jeudi, vendredi et samedi, répondit Piper.

— Cool ! s'exclama Brodie en jetant une de ses baguettes en l'air pour habilement la rattraper dans son dos.

— Je vais dire à Mason de préparer le contrat, enchaîna Karen en refermant son étui qu'elle se glissa sous le bras. Est-il possible de débarquer dès mercredi après-midi pour répéter un peu ?

— Aucun problème, à partir de 14 heures. D'autre part, mon système de sécurité est ultra-moderne, si vous voulez laisser votre matériel ici.

Un coup de klaxon résonna soudain dans l'allée devant le *P3*.

— Vous pouvez tout déposer dans les coulisses, derrière la scène, leur dit Piper. Je serai au fond, si vous avez besoin de moi.

La bonne humeur dans laquelle l'avait plongée la divine musique d'*Esprit Vengeur* la transportait à un tel point qu'elle ne s'agaçait même pas du retard de Léo et de celui du camion de livraison. Elle se prit même à sourire en imaginant son pauvre mari à quatre pattes en train d'éponger le premier étage de la demeure ancestrale qu'était le manoir Halliwell.

Lorsqu'il apparut soudain à la porte de la réserve, Piper fit un bond et se plaqua les mains sur la poitrine.

— Léo ! J'avais dit : pas d'entrée spectaculaire !

— Oh, désolé... Il y a quelqu'un ?

— Non, mais...

Elle s'interrompit en étouffant un petit rire.

— Qu'est-ce qu'il y a ? demanda-t-il d'un air surpris.

— Je ne sais pas, au juste. Enfin, si… c'est le nouveau bassiste qui me fait un peu craquer.

— Difficile d'imaginer que le membre d'un groupe appelé *Esprit Vengeur* te fasse un effet pareil, lâcha-t-il d'un air pincé.

— Oh, ce n'est pas grave, mon cœur. Laisse tomber.

Paige referma le coffre de sa VW vert anis et fourra les clés dans sa poche. Son sac était plus en sécurité à l'intérieur du véhicule que dans le refuge de la 5e Rue, un vieux bâtiment situé à la limite du quartier des entrepôts.

Tant que personne ne me vole la voiture, songea-t-elle en traversant à la hâte le parking.

— Tu es en retard, aboya Doug Wilson devant ses casseroles lorsque la porte claqua derrière elle.

— De deux minutes, seulement ! riposta Paige. Stanley m'a collé un rapport à rédiger de toute urgence avant de partir.

— Des excuses, des excuses… maugréa-t-il en s'essuyant les mains. On ne peut plus compter sur personne.

Long et sec, proche de la cinquantaine, le responsable du refuge cachait sous ses airs bourrus une âme sensible et généreuse que trahissait d'ailleurs un très doux regard gris-vert. Le bruit courait qu'il avait été dans une autre vie un génie de l'informatique. Mais Doug refusait d'évoquer son passé, excepté pour dire qu'il était dorénavant inemployable car il ne se rasait que lorsqu'il le désirait. C'est-à-dire une fois par semaine au grand maximum.

— Et alors, ce rapport, tu l'as terminé ?

— Oui, et il est parti au courrier de cinq heures.

Paige attrapa un tablier, se le glissa autour de la taille et demanda :

— Stanley est arrivé ?

— Non, mais Kevin Graves est là, répondit Doug en dirigeant une main munie d'une cuiller vers le comptoir qui séparait la cuisine de la salle à manger.

Un jeune homme, assis sur un tabouret de bar, était en train de caler des serviettes en papier dans un distributeur à ressort.

— Alors, c'est lui, le nouveau ? interrogea Paige sans avoir l'air de paraître trop intéressée.

Les cheveux courts et blonds, les yeux bleus, le visage doré par le soleil, Kevin était l'incarnation parfaite du Californien classique et… idéal. *Vraiment pas la tête du bénévole qu'on voit se pointer ici d'habitude*, songea la jeune femme, intriguée.

— C'est lui, répondit Doug.

— Son histoire, qu'est-ce que c'est ? La police

des plages lui aurait-elle ôté ses privilèges de surfeur ?

— Non, une blessure sur un chantier lui a laissé une boiterie permanente. En attendant de se trouver un autre boulot, il a voulu faire quelque chose de constructif de son temps libre.

— Waouh ! lâcha Paige sur un ton admiratif.

C'est alors qu'elle aperçut une canne pendue au bord du comptoir, à côté de lui. Pour une sorcière dont la tête était mise à prix par tous les démons de l'univers, ses dons d'observation laissaient un peu à désirer.

— J'ai vraiment l'air d'une cloche, marmonna-t-elle.

— Ne t'en fais pas, personne ne l'a remarqué, lui rétorqua Doug tandis que la porte s'ouvrait derrière eux.

— Ah, bonjour, madame Ryan ! lança-t-il.

Vêtu d'un jean de marque, d'un élégant sweater, et chaussée de bottes qui coûtaient sans doute plus que ce que Paige gagnait en une semaine, Jennifer Ryan affichait un sourire rayonnant. Doug présenta les deux femmes l'une à l'autre puis déclara :

— Paige connaît la routine, ici. Elle va vous montrer comment procéder.

— Oh, ça n'a rien de sorcier, vous verrez. Il suffit de remplir les assiettes avec ce que prépare Doug et les distribuer à chacun. Comme il n'y a le plus souvent qu'un seul plat, ça va en général assez vite.

— Je crois que je pourrai m'en sortir, fit Jennifer avec un petit sourire.

À la différence de certains des riches donateurs auxquels Paige avait affaire dans le foyer où elle travaillait, il n'y avait pas la moindre trace de prétention dans l'attitude de cette femme. Elle semblait tout simplement désireuse d'offrir un peu de son temps aux personnes les plus déshéritées.

— On aide aussi à installer les plats chauds dans les présentoirs, et à tout ranger à la fin, précisa Paige.

Lorsqu'elles atteignirent le comptoir, Kevin décrocha sa canne et se laissa glisser du tabouret où il était assis.

— J'ai le plaisir de vous annoncer que les tiroirs à couverts et les distributeurs de serviettes sont pleins, dit-il en les saluant.

Paige lui tendit la main mais se ravisa en constatant que sa paume droite tenait la canne sur laquelle il s'appuyait. Gênée, elle hésita un instant puis lâcha :

— Voici Jennifer, et moi je m'appelle Paige.

— Enchanté.

S'il remarqua son embarras, il n'en laissa rien paraître et ajouta :

— On m'a beaucoup parlé de vous.

— Ah, oui ? Et qu'est-ce qu'on vous a dit, exactement ?

L'espace entre elle et lui était-il chargé d'électricité ou était-elle victime de son imagination ? Paige ne sut le dire mais elle était certaine d'une chose : jamais elle n'éprouvait d'attirance instantanée pour qui que ce soit ; et l'effet en était plutôt déconcertant.

— Que vous étiez un ange ravissant, lui répondit Kevin. Un ange plein d'éclat et de bienveillance.

— C'est Doug qui vous a dit ça ?

Quelqu'un l'aurait-il surprise en train de se volatiliser dans un nuage étincelant ?

— Non, c'est un vieil homme qui est entré en demandant si vous étiez là. Comme je lui ai répondu par la négative, il est ressorti en marmonnant entre ses dents, et je l'ai entendu dire cela.

— Ah, c'est Stanley Addison, souffla-t-elle, soulagée.

S'il l'avait vraiment vue en train de se téléporter, personne, quoi qu'il en soit, ne prêtait réellement attention aux paroles décousues de ce pauvre homme sénile.

— Un de vos amis ? hasarda Jennifer.

— Non, pas exactement. Mais c'est une personne gentille et sans danger, qui n'a pas de famille et que j'essaie de faire entrer dans le foyer de Hawthorn Hill.

— Dans ce cas, il avait raison : vous êtes réellement un ange.

— C'est mon travail d'aider les gens, déclara Paige sur un ton gêné.

Pourquoi l'intense regard bleu de Kevin semblait-il lui enflammer les sens ? Le visage surchauffé par l'émotion, elle se passa un revers de main rafraîchissant sur la joue.

— Oh, les gars, leur cria soudain Doug, vous ferez vos civilités plus tard ! Une horde de gens affamés va débouler d'un instant à l'autre ! Au boulot !

Merci, Doug, tu me sauves... songea Paige, soulagée. La tension qui montait en elle devenait réellement trop forte.

Jennifer se tourna alors vers lui et lâcha :

— Un tyran au cœur d'or, c'est ça ?

— Exactement. Mais, le plus souvent, il oublie qu'on n'est pas rétribués pour notre job ici, ce qui explique pourquoi ce refuge voit défiler beaucoup de bénévoles.

— Moi, je le trouve mignon, observa-t-elle.

— C'est un diamant à l'état brut, commenta Paige en jetant à la dérobée un regard sur la main gauche de la jeune femme.

Pas d'alliance. La semaine prenait décidément un départ intéressant.

Les trois heures qui suivirent s'écoulèrent à la vitesse de la lumière pour Doug et ses nouvelles recrues tandis qu'ils distribuaient leur repas à trente-cinq SDF affamés. Certains d'entre eux allaient passer la nuit au refuge, d'autres préféreraient retrouver la rue pour y errer jusqu'à l'aube, s'endormir sous un pont ou dans un abri de fortune.

Pendant que Doug raccompagnait Jennifer à sa voiture, Kevin, nonchalamment appuyé contre un coin de table, entama la conversation avec Paige.

— Vous… tu rentres directement chez toi ?

Paige hésita, devinant quelle allait être sa prochaine question. Malgré l'intérêt manifeste qu'il lui montrait, elle n'avait pas imaginé qu'il en vienne aussi vite à lui faire une proposition cachée. Avait-elle vraiment envie d'accepter ? Non, pas tant qu'elle ne le connaissait pas un peu mieux. Elle décida donc de se dérober… d'abord.

— Avant de rentrer, je voudrais être sûre que Stanley est bien installé pour la nuit, lui répondit-elle.

— Stanley vient de partir.

— Oh, non… lâcha-t-elle en levant les mains au ciel.

Parfois, le vieil homme oubliait la routine du refuge et ressortait, pour ne revenir qu'au moment où Doug s'apprêtait à fermer les portes pour la nuit.

— En principe, il devrait revenir sans tarder.

— Tu vas l'attendre ?

— Au moins pour m'assurer que Doug ne lui ferme pas au nez. Il est tellement près d'obtenir une place dans le foyer de Hawthorn Hill, que je m'en voudrais à mort s'il lui arrivait quelque chose avant.

— Tu es très attachée à ce vieil homme, on dirait.

— Je l'adore.

Si Kevin était bénévole, il avait certainement autant de motivation qu'elle pour aider les pauvres gens. En plus de sa grande beauté, il avait donc un grand cœur.

— Si je pouvais les aider tous, je le ferais, ajouta-t-elle. Il y a tant de gens malheureux…

— Mais, au moins, tu es là pour certains d'entre eux. C'est déjà beaucoup. Il ne faut pas te mettre la barre trop haut.

Comme il saisissait sa canne pendue au bord de la table, Paige lui déclara :

— Je la trouve très belle. Elle est ancienne ?

— Oui, elle me vient de ma famille, dit-il en la levant devant elle pour que Paige puisse l'admirer de plus près.

Mais ce geste le déséquilibra et il vacilla de côté.

— Attention ! s'écria-t-elle.

Alors qu'elle tendait la main pour le retenir, l'extrémité de la canne lui heurta le bras… et créa entre eux une décharge d'électricité statique qui la fit bondir en arrière.

Sans paraître remarquer ce qui venait de se passer, Kevin agrippa le coin de la table, se redressa et posa fermement sa canne sur le sol.

— Désolé, je ne suis pas aussi empoté, d'habitude.

— Pas de problème… articula Paige, saisie d'un vertige soudain.

— Hé, ça va ? Tu es toute pâle.

— Oui… ça va, articula-t-elle en se retenant à son tour à la table.

— Hum… je n'en suis pas convaincu. Tu as peut-être attrapé un microbe chez un de ces sans-abri ; ils ne vivent pas dans les meilleures conditions.

— Non, je suis juste fatiguée. Entre mon boulot au foyer et mes heures de bénévolat ici, je n'ai pas vraiment pu souffler, cette semaine.

Paige ne précisa pas qu'elle avait passé presque toute la semaine à travailler avec Piper pour exercer sa mémoire. D'après Léo, oublier les termes d'une incantation ou d'une formule magique pouvait entraîner n'importe quelle sorcière – bonne ou mauvaise – à sa perte.

Paige s'agrippa plus fort à la table quand un nouvel étourdissement la saisit.

— Je devrais peut-être te raccompagner chez

toi, suggéra Kevin alors qu'elle s'asseyait sur une chaise pour reprendre ses esprits.

Paige voulut protester mais se rendit compte qu'il était peut-être risqué de conduire, en effet. Et, avec Piper au *P3* et Phoebe à son cours d'informatique, elle n'avait personne pour l'aider. Bien sûr, elle pouvait faire appel à Léo mais comment expliquerait-elle son arrivée subite ici ?

— Oui, c'est une bonne idée, Kevin, lui dit-elle. Si ça ne te pose pas de problème…

— Pas du tout, sourit-il. Mais, que vas-tu faire de ta voiture ?

— Oh, mon beau-frère viendra la prendre tout à l'heure, après la fermeture du *P3*, répondit-elle en laissant échapper un bâillement.

Phoebe se sentait submergée par la quantité industrielle d'informations que le professeur leur avait délivrées pendant le cours. Avec les vingt-quatre autres étudiants, elle avait été initiée aux fonctions de base indispensables à la construction d'un site Web. Des fonctions assez complexes qu'ils étaient censés avoir mémorisées pour le lundi suivant.

— J'adore m'amuser avec les ordinateurs, lui dit alors la jeune femme assise à côté d'elle, mais, pour l'instant, je trouve ce cours parfaitement ennuyeux.

— Moi, j'ai la tête qui tourne, lui répondit Phoebe. Ce n'est pas mieux.

Menue, jolie et plaisante, avec ses grands yeux bleus et son sourire radieux, Kate Dustin était la seule de la classe à avoir atteint l'âge honorable de vingt-cinq ans.

— On dirait que notre prof a avalé un balai. Il est raide comme la justice et n'a pas esquissé le moindre sourire depuis qu'il est entré dans cette salle.

— Il est resté coincé au XXe siècle, je crois.

Le cours terminé, elles quittèrent le bâtiment ensemble. Elles se dirigeaient vers le parking lorsque Kate demanda à Phoebe :

— Tu viens prendre un café ?

Pourquoi pas ? Cole était loin, Paige s'occupait de ses sans-abri et Léo allait rester jusqu'à l'aube au *P3* avec Piper.

— Excellente idée mais je ne pourrai pas rester longtemps ; je voudrais revoir mes notes ce soir avant qu'elles ne me sortent complètement de la tête.

— Même chose pour moi, reprit Kate.

Un instant plus tard, elle poussa la porte du cybercafé qui se trouvait de l'autre côté de la rue.

— Il est sympa, cet endroit, non ?

— Super, c'est plein d'ordinateurs ! J'imagine qu'ils sont tous connectés à Internet.

— Bien sûr. C'est pour ça qu'ils sont là.

Elle se dirigea vers une table située au fond de la salle puis demanda :

— Ici, ça te va ?

— Impeccable.

Comme elles s'asseyaient, un homme, perché sur un tabouret de bar, plaqua un accord sur sa guitare à douze cordes et commença à chanter un air irlandais. La compagnie de Kate, un cappuccino brûlant, la mélodieuse voix de ténor derrière elle, c'était tout ce qu'il fallait à Phoebe pour se détendre après ces trois heures d'intensif bourrage de crâne.

— Merci de m'avoir accompagnée, lui dit Kate.

Phoebe s'assit, laissa tomber ses livres par terre à côté d'elle puis repoussa contre le mur l'écran plat de l'ordinateur.

— Merci de me l'avoir proposé, surtout.

Une serveuse s'approcha alors des deux jeunes femmes et demanda :

— Qu'est-ce que ce sera pour vous, mesdames ?

— Un cappuccino et un cheesecake aux fraises, si vous avez, répondit aussitôt Phoebe.

Quelques petits exercices, le lendemain dans la salle de gym du manoir, chasseraient bien les calories qu'elle allait ingurgiter ce soir.

— J'apprécie vraiment que tu sois venue avec moi, reprit Kate lorsque la serveuse eut tourné les talons. C'est tellement plus sympa que de se retrouver ici toute seule.

— Ce n'est pas un problème. À part revoir les cours de ce soir, je n'avais rien d'autre à faire.

— Quoi ? Il n'y a pas d'homme dans ta vie ? Ne me fais pas croire ça !

Mais Phoebe n'avait pas envie de discuter de sa vie privée avec une personne qu'elle connaissait à peine. Son regard tomba soudain sur l'énorme bracelet en or de Kate, gravé d'un motif celte aux entrelacs compliqués, et elle en profita pour changer de sujet.

— C'est assez inhabituel comme bijou, remarqua-t-elle sur un ton léger.

— Il appartenait à ma grand-mère… ou peut-être à mon arrière-grand-mère, je ne sais plus. Il y a quelque chose d'écrit, à l'intérieur, que je n'ai jamais su déchiffrer.

Le faisant glisser de son poignet, elle le pressa contre la paume de Phoebe.

— Peut-être que toi tu sauras.

Sa réponse fut immédiate : un gémissement rauque accompagné d'une vision fulgurante.

Vêtue de peau et de fourrure, recouverte d'une lourde armure de fer, Kate se tient sous un chêne immense. Au-dessus d'elle, un éclair déchire soudain le ciel de plomb avant de frapper la base d'un arbre, qui s'écrase dans un jaillissement de branches et de feuilles…

Phoebe laissa tomber le bracelet en émergeant de sa transe. Bien que sa vision lui ait laissé l'estomac en vrille, elle parvint à se ressaisir assez rapidement. Par bonheur, les yeux tournés vers le guitariste qui continuait de jouer, Kate ne parut pas remarquer le bref et violent sursaut qui venait de la secouer.

— Alors, tu trouves quelque chose ? demanda-t-elle à Phoebe d'un air tranquille.

— Je trouve… quoi ?

— L'inscription, précisa-t-elle en remettant le bracelet. Tu n'as pas pu déchiffrer ce qu'il y avait écrit, non plus ?

— Non…

À la tenue barbare que Kate portait dans sa vision, elle était certaine que ces images brutales avaient surgi du passé de la jeune femme, et non pas de son avenir. Mais, puisqu'elle ne pouvait pas changer son histoire, il lui sembla inutile de relever la chose.

— Voilà, annonça la serveuse en déposant sur la table deux cappuccinos et deux assiettes de cheesecake au coulis de fraise.

En découvrant ce qu'elle avait devant elle, Phoebe arrondit des yeux étonnés et lâcha :

— J'ai commandé du cheesecake ?

3

— Ça ne te regarde pas, Doug, lança Paige au téléphone.

D'habitude, elle ignorait les accès d'insolence de Doug mais, aujourd'hui, elle était trop fatiguée et agacée pour les supporter.

— Mais je trouve super que vous vous entendiez bien, toi et Kevin, insista-t-il. Vous êtes trop jeunes tous les deux pour passer vos soirées à distribuer de la purée de patates à des pauvres déshérités.

— Je croyais que tu les aimais, ces déshérités.

— Bien évidemment mais…

Paige n'écoutait plus. Elle venait d'apercevoir M. Cowan, son patron, qui l'observait du fond de la salle. Et s'il y avait une chose qu'il détestait par-dessus tout, c'était que ses employés utilisent le téléphone du centre pour des communications privées. À cause d'une panne d'oreiller, elle était arrivée avec vingt minutes de retard et cela n'était pas fait pour arranger ses affaires.

— … les sans-abri, c'est surtout *mon* problème, continua Doug. Et puis, ne m'en veux pas, mais je suis d'une humeur massacrante.

— Ça n'avait pas l'air de gêner Jennifer, en tout cas.

Ignorant l'allusion à son nouveau fan-club, il lança :

— Tu m'as appelé pour une raison précise ?

— Oui. Je voulais savoir si Stanley avait réapparu, hier soir.

Elle se couvrit la bouche pour dissimuler un bâillement et décocha un sourire nerveux à M. Cowan. Qui fit la grimace et retourna dans son bureau.

— Il est rentré vers onze heures, a ronflé toute la nuit et a mis les voiles vers huit heures, ce matin. Tu as du nouveau pour Hawthorn Hill ?

— J'ai envoyé son dossier hier soir, seulement.

Doug soupira contre la lenteur habituelle de l'administration. Cela faisait des années qu'il travaillait avec le système et, parfois, il avait l'impression que les roues de la bureaucratie ne tournaient pas du tout.

— Parfait. Et, au cas où tu te poserais la question, je t'annonce que Kevin va travailler ici toute la semaine.

Quand elle raccrocha, Paige imaginait parfaitement Doug en train de rire. Jamais il ne croirait que la seule place que Kevin Graves occupait dans son esprit – et dans son avenir –, c'était à côté d'elle, au refuge, pendant la distribution de nourriture.

Le retour chez elle, la nuit dernière, s'était passé sans histoire. Ils avaient parlé du centre où elle travaillait, de l'accident de chantier de Kevin, du refuge et de Stanley. À aucun moment il n'y avait eu un instant de gêne entre eux mais jamais non plus l'espoir de prolonger un peu la conversation lorsqu'il l'avait déposée devant le manoir. Juste un rapide « au-revoir-merci-à-demain » avant qu'il ne reparte.

Et cela intriguait Paige. Elle était certaine que l'incroyable alchimie qu'elle avait sentie flotter entre eux n'était pas un effet de son imagination. Et elle savait que Kevin l'avait ressentie aussi. Alors, que s'était-il passé qui avait ainsi noyé ce sentiment d'attirance ? Était-ce le fait de s'être assoupie à plusieurs reprises qui avait laissé croire au jeune homme que sa conversation l'ennuyait ? Cela expliquerait sans doute son brusque manque d'intérêt pour elle.

— C'est sûr qu'on n'était pas en pleine extase, marmonna Paige.

— Tu as dit quelque chose ? lui demanda Lila qui passait devant son bureau.

— Non, rien d'important.

— Ah, bon…

En s'éloignant, elle accrocha sans s'en apercevoir son gilet au cactus posé sur la table. Aussitôt, Paige pensa aux dommages irréparables qu'allait connaître sa plante si le pot tombait par terre et, instinctivement, elle essaya de la sauver du désastre.

— Cactus, souffla-t-elle le plus discrètement possible, s'attendant à ce qu'il lui arrive sain et sauf entre les doigts.

Mais il n'en fut rien. Le pot heurta le sol, vola en éclats, et la plante déracinée s'envola soudain au milieu d'un nuage de lumière… pour lui atterrir dans la main !

Ce qui ne manqua pas de lui arracher un cri de douleur quand quelques épines se plantèrent cruellement dans sa paume. Surprise, Lila se retourna et demanda :

— Qu'est-ce qui s'est passé ?

C'était précisément ce que Paige voulait savoir. Que s'était-il passé ?

— Oh, rien. C'est juste mon cactus qui s'est renversé, mais il s'en remettra.

Dès que Lila eut tourné les talons, elle se leva et s'empressa de faire un peu de ménage avant que M. Cowan ne pique sa crise devant les dégâts.

D'accord, elle travaillait beaucoup, ces derniers temps, et elle manquait de sommeil, mais Piper et

Phoebe ne lui avaient jamais dit que la fatigue pouvait affecter ses pouvoirs.

Après avoir récupéré les restes de terre sableuse dans sa tasse à café et installé le cactus dans ce pot improvisé, Paige lâcha un nouveau bâillement et se dit qu'une petite sieste ne lui ferait pas de mal.

— Tu n'as pas raconté grand-chose sur tes cours de site Web, observa Piper en épluchant une pomme de terre.

— C'est encore trop tôt pour que je me rende compte si je perds mon temps ou pas.

En fait, Phoebe n'avait rien dit parce que la soirée entière avait semblé s'écouler un peu comme dans un rêve. Elle ne se rappelait pratiquement rien de ce que leur avait dit le professeur, excepté qu'il avait été d'un ennui mortel et qu'elle avait adoré bavarder avec Kate Dustin, au cybercafé.

Elle ne se souvenait pas non plus du détail de leur conversation mais, ce matin, ce détail lui paraissait sans importance. Heureusement qu'il lui restait les notes prises pendant le cours, sinon elle aurait été totalement perdue lors de la prochaine session.

Son ordinateur ouvert devant elle sur la table de la cuisine, Phoebe regarda le texte affiché sur l'écran. D'ordinaire, elle n'avait aucune difficulté à créer un lien avec un autre site lorsqu'elle avait les instructions sous les yeux mais, aujourd'hui, elle semblait incapable de mettre en pratique ce simple exercice.

— J'imagine quand même que construire un site, c'est plus facile que de construire une maison, et moins cher, aussi, commenta Piper.

En souriant, elle poussa les épluchures des pommes de terre dans l'orifice d'évacuation, plaça le couvercle anti-projections, ouvrit le robinet et mit le broyeur en route.

Lorsqu'elle poussa un cri, Phoebe bondit sur sa chaise. Levant les yeux, elle vit alors un geyser d'épluchures en bouillie jaillir devant les yeux effarés de Piper.

Qui éclata de rire devant le spectacle.

— Eteins-le ! glapit Phoebe en refermant vivement son ordinateur pour le protéger.

Piper se rua sur le bouton d'arrêt mais la fontaine d'ordures broyées ne s'arrêta pas pour autant.

— Qu'est-ce qui lui prend ? s'exclama-t-elle, une main sur la bouche.

Mais Phoebe n'avait qu'une idée en tête : protéger son outil de travail. Serrant celui-ci contre sa poitrine, elle s'apprêtait à filer de la cuisine quand elle vit Léo émerger brusquement de la cave.

— Qu'est-ce qui se passe ? demanda-t-il, essoufflé après avoir grimpé l'escalier en trombe.

D'une pièce à l'autre, il était parfois plus rapide de courir que de se téléporter.

Mais Piper riait bien trop pour parvenir à prononcer un mot. Elle lui indiqua le geyser jaunâtre qui continuait de jaillir au milieu de l'évier et ferma le robinet. L'eau cessa un instant de couler puis reprit avec force quelques secondes plus tard.

— On dirait qu'il se passe des choses dans le broyeur, déclara Phoebe avant de fourrer son portable dans le tiroir du buffet.

— Il ne veut plus s'arrêter… gloussa Piper en prenant un torchon pour essuyer son visage maculé de projections peu appétissantes.

Elle dut se mordre la lèvre pour ne pas éclater une fois encore d'un rire nerveux.

Malgré elle, Phoebe ne put s'empêcher de sourire, aussi. Un vrai carnage ! Qu'elles allaient mettre des heures à nettoyer… Mais au moins sa sœur semblait-elle appréhender la situation avec humour.

— C'est peut-être une canalisation, suggéra Léo en ouvrant le placard situé sous l'évier.

Agenouillé à l'intérieur, il examina la plomberie puis lâcha sur un ton grave :

— Je ne vois rien d'anormal.

— Mais ça va, alors ? demanda Phoebe.

— Pas sûr, répondit-il en tournant une valve pour fermer l'eau avant de s'extirper de sous l'évier.

Passant le doigt autour de la bonde, il le leva

ensuite devant les yeux des deux jeunes femmes. Un disque vert et luisant, aussi mince qu'une feuille de papier et large d'à peine deux centimètres restait collé à sa peau.

— Qu'est-ce que c'est ? demanda Piper.

— Je ne sais pas mais ça ne promet rien de bon, répliqua-t-il.

Phoebe fit la grimace. Les toilettes du premier s'étaient bouchées la veille et voilà que le broyeur était pris de folie aujourd'hui. Aucun de ces événements ne mettait leur vie ou leur santé en danger, mais ce n'était certainement pas une coïncidence non plus.

— Rien de bon… comme un démon des égouts qui serait truffé de mauvaises intentions, par exemple ?

— Comme un gremlin, oui. Ce sont des sortes de rats souterrains, mais plus laids, plus méchants et plus futés que les bestioles que nous voyons trotter dans nos ruelles. Beaucoup d'entre eux sont immunisés contre la magie, et *tous* ont des écailles… comme celle-ci.

D'une chiquenaude, il la jeta dans la poubelle.

— Comment s'en débarrasser ? demanda Piper en se penchant sur l'évier pour jeter un coup d'œil au fond de l'orifice d'évacuation.

— Le piéger et le laisser repartir vers son habitat naturel, répondit Léo. Sous nos pieds…

— Est-ce qu'il existe un genre de tabou qui

empêcherait l'élimination d'un gremlin ? interrogea Phoebe.

— Non, mais lorsque l'un d'eux meurt, les autres le sentent et se précipitent pour combler la place vacante. Le seul moyen de rompre le cycle, c'est d'attraper le premier des squatters. Quand un gremlin est pris au piège ou forcé de fuir, il libère une phéromone de mise en garde. Nous ne le détectons pas mais l'odeur repousse ses congénères et brise ainsi la chaîne territoriale des espèces.

— Ce qui ne constitue pas le moyen le plus facile d'anéantir cette vermine, je le reconnais, ajouta-t-il au bout d'un moment.

Maintenant que le geyser était éteint, Phoebe osa s'approcher un peu.

— Tu vois quelque chose, Piper ?

— Non, mais c'est tout noir et…

C'est alors que la porte du placard sous l'évier s'ouvrit brusquement et qu'une créature visqueuse, hurlante et pleine de dents émergea entre les pieds de Léo.

— Attention ! s'écria Piper en étouffant un nouveau rire.

Comme l'espèce de grenouille à écailles s'apprêtait à charger, Phoebe utilisa son pouvoir de lévitation. Mais, au lieu de filer vers le plafond, elle ne fit que flotter à mi-hauteur. Se jetant sur elle, le petit monstre planta ses crocs acérés et luisants dans une de ses boots dont il lacéra le cuir.

Secouée par un violent rire, Piper demanda :

— Cette espèce de rat-grenouille, ce... c'était un gremlin ?

— J'en ai bien peur, répondit Léo.

Phoebe reposa lentement les pieds sur le sol. Pourquoi son pouvoir de lévitation n'avait-il pas agi comme d'habitude ? Durant ses cours de psychologie, elle avait appris que le stress était souvent cause d'aberrations mentales et physiques, ce qui pouvait expliquer sa soudaine incapacité à se ruer au niveau du plafond pour se protéger. Était-ce l'absence de Cole qui la mettait dans cet état ? Était-ce l'inquiétude de le savoir loin qui affectait ses fonctions magiques ?

Ou alors était-elle allergique aux gremlins ?

Quoi que ce soit, songea-t-elle, *je ferais mieux de trouver ce que c'est et de le zapper au plus vite.*

— Je crois qu'on a un petit problème, lâcha-t-elle sans chercher pour autant à alarmer Léo et Piper.

— C'est clair, commenta celle-ci. Léo, qu'est-ce que cette sale bestiole peut nous apporter comme ennuis, au juste ? Donne-nous une appréciation, de un à dix.

— Je dirais « un », si on évoque un danger mortel. Il y a plusieurs classifications de gremlins, et celui-ci ressemble à la variété domestique la plus commune. Il n'est pas particulièrement dangereux mais je lui donnerais « dix » pour son côté horripilant et destructeur.

— Mais qu'est-ce qu'il fait là, exactement ? soupira Phoebe.

Tandis qu'elle posait cette question, elle eut l'impression désagréable d'oublier quelque chose d'important.

— Il cavale dans la maison, répondit Piper que la situation semblait beaucoup amuser.

— En fait, il doit chercher le moyen le plus facile de rejoindre les canalisations, dit Léo en regardant vers l'entrée où la bestiole avait disparu.

— Non, je voudrais savoir pourquoi il est venu infester *notre* maison ? précisa Phoebe.

— Parce que le manoir est plein de magie et de vieux tuyaux, expliqua Léo. Deux choses censées attirer particulièrement un « gremlin des sous-sols » égaré.

— Tu veux dire qu'il s'est perdu ?

— Jusqu'à ce qu'on le retrouve, rétorqua Piper. Maintenant, il ne nous reste qu'à…

— … le figer ! hurla Phoebe en voyant l'amphibien faire irruption dans la cuisine et sauter sur l'évier.

La main de Piper se leva au moment précis où la grotesque bestiole glissait la tête dans la bonde.

— Je l'ai eu !

Le nez plissé, Phoebe s'approcha et observa la créature figée en plein mouvement. Son corps verdâtre était immobilisé dans une position de saut en avant, ses puissantes cuisses tendues comme des arcs et ses pieds palmés munis d'épaisses griffes rétractables. Elle avait tout d'un crapaud, en fait.

Mais, en comparaison, songea Phoebe, *les crapauds sont autrement plus mignons…*

— On dirait que ta magie a marché, cette fois, Piper, lui dit Léo avec un petit sourire.

— Pas pour longtemps, commenta-t-elle tandis que, déjà, la créature commençait à se glisser lentement vers le siphon de l'évier.

Léo lui saisit alors le pied mais celui-ci lui glissa des doigts tant il était visqueux.

Phoebe frissonna en voyant le gremlin disparaître au fond du tuyau noir.

— D'accord, c'était drôle, mais maintenant il ne nous reste plus qu'à lui donner la chasse. Et puis, nettoyer tout ça…

— Laisse-nous faire, Phoebe, lui dit Piper. Tu as tes cours à revoir. Va au salon ; Léo et moi, on s'occupe de tout.

— Oh, merci, je n'en attendais pas moins de vous. Mais… au fait, où est-ce que j'ai mis mon ordi ?

— Dans le buffet, tu te souviens ?

— Ah… oui, fit-elle en allant ouvrir le tiroir.

Après avoir récupéré son ordinateur, elle s'empressa de filer au salon avant que Léo et Piper ne se posent des questions sur son étrange trou de mémoire.

— Euh… on avait prévu de se réunir ici ? demanda Phoebe en faisant irruption dans le grenier du manoir.

Piper et Paige s'y trouvaient déjà, l'une pour y ranger des vêtements qu'elle et Léo ne portaient plus, l'autre pour y trouver une précieuse et antique céramique afin d'y replanter son pauvre cactus déraciné.

— Non, pas vraiment, répondit Piper. Et toi, qu'est-ce que tu fais là ?

— Je… je venais consulter le *Livre des Ombres*.

— Le *Livre des Ombres* ? Tu as un pr…

Comme elle levait la tête, elle remua légèrement et le pot qu'elle venait de dénicher dans le coffre où reposaient tous les trésors laissés par leur grand-mère, roula de ses genoux. Elle tendit la main pour le récupérer à l'instant précis où Piper claquait les doigts pour le figer en plein vol.

— Pot ! ordonna Paige.

Mais le précieux objet se figea une parcelle de seconde seulement avant de continuer sa course vers le sol pour atterrir, heureusement intact, sur le vieux tapis usé.

— Comment se fait-il que… ? s'étrangla Piper. Rien ne s'est passé !

— Mais si, regarde ! lâcha Paige.

Par un mystère qu'elle ne s'expliquait pas, le pot venait soudain d'apparaître dans sa main.

Pâle et tremblante, elle le serra contre sa poitrine sans comprendre. Quant à Piper, elle avait les yeux fixés sur ses mains.

— On avait prévu de se réunir ici ? demanda soudain Phoebe en regardant confusément autour d'elle.

— Non, lui répondit Piper, mais il semble qu'on avait toutes les trois quelque chose à faire ici.

— Je cherchais un pot ancien pour mon cactus, expliqua Paige.

— Et moi, je venais ranger des affaires qu'on n'utilisait plus, enchaîna Piper. Et toi, tu venais pour quoi ?

— Aucune idée, rétorqua-t-elle en clignant des yeux.

— Quoi ?! s'exclama Piper en se couvrant la bouche.

Elle avait beau constater qu'elle venait de perdre son pouvoir de figer les choses, elle se sentait incapable de maîtriser l'envie de rire qui la saisissait.

— Je ne me *rappelle* pas pourquoi je suis venue ici, dit Phoebe en haussant les épaules.

— Toi aussi ? s'écria Paige avant de réprimer un puissant bâillement. C'est hallucinant ! Ça m'arrive tout le temps. Je descends à la cuisine pour y prendre quelque chose et, arrivée en bas, c'est le trou noir !

— Et tu t'en souviens au moment où tu ressors de la cuisine, c'est ça ? dit Piper. Ou alors, tu poses un objet quelque part et, deux minutes plus tard, tu es incapable de mettre la main dessus. Ça m'arrive tout le temps, aussi.

Un léger sourire sur les lèvres, Phoebe se laissa tomber dans le vieux fauteuil à bascule et déclara :

— Moi aussi, mais c'est différent. J'ai eu au moins une douzaine de brutales pertes de mémoire, aujourd'hui, alors que ça ne m'arrivait jamais avant.

— Et moi, je n'ai jamais eu de retard pour téléporter un objet, ajouta Paige sur un ton consterné.

— C'est ce qui s'est passé avec la céramique ? demanda Piper en étouffant un autre rire. Un retard de réaction ?

— Comment veux-tu appeler ça autrement ? Et, d'abord, ce n'est pas drôle !

— Je sais, excuse-moi, mais c'est que... tout me paraît drôle, aujourd'hui.

— C'est quand même bizarre, non ? s'étonna Phoebe.

— On devrait s'inquiéter, vous croyez ? demanda Paige.

— Oui, mais de quoi ?

Léo choisit cet instant pour entrer dans le grenier, une énorme clé anglaise à la main. Il venait de passer deux ou trois heures à essayer de piéger l'indésirable gremlin.

— Tu l'as attrapé ?

— Non, mais j'en ai bien l'intention. Il faut que je ferme les valves du radiateur, ici aussi. Si je limite les endroits où il peut avoir envie de se balader, j'augmente mes chances de le piéger et je gagne du temps.

— Un gremlin ?! répéta Phoebe, les yeux écarquillés. Quel gremlin ?

Voilà que sa mémoire récente recommençait à lui jouer des tours. Se regardant d'un air entendu, ses deux sœurs décidèrent qu'il était temps de faire part à Léo de leur désagréable découverte.

— Vas-y, Paige, lui dit Piper.

Hochant la tête, elle tendit la main et lança :

— Clé !

S'attendant à ce que l'outil se transforme dans un nuage étincelant dans sa main, Léo le lâcha.

Comme la lourde clé tombait à terre, Piper claqua des doigts puis articula :

— Allez…

La clé se figea l'espace d'une demi-seconde puis heurta le sol et apparut enfin dans la main de Paige.

— Qu'est-ce que ça veut dire ? demanda Léo, stupéfait.

— Téléportation lente, gel des objets ralenti et perte de mémoire récente, voilà ce que ça veut dire, soupira Piper. Quand le gremlin s'est libéré de mon emprise, tout à l'heure, j'ai cru qu'il était immunisé contre la magie, comme tu venais de le dire. Mais, apparemment, ce n'est pas ça. C'est mon pouvoir qui se désagrège.

— Et le mien aussi, on dirait, ajouta Paige. Je me sens épuisée en permanence et je tombe de sommeil ; c'est pour ça que je n'arrive plus à téléporter les objets.

— Est-ce que les gremlins peuvent éteindre nos pouvoirs ? interrogea Piper.

— Pas que je sache, répondit Léo en se passant une main dans les cheveux. Et toi, Phoebe, tu as des problèmes avec tes pouvoirs ?

— Je me le demande, aussi. Je ne me souviens pas avoir eu de vision, récemment, mais ça ne veut pas dire que je n'en ai pas eu. J'ai peut-être oublié…

Levant brusquement la tête, elle ajouta :

— Est-ce que j'ai lévité aujourd'hui ?

— Oui ! sourit Piper. Tu as lévité si lentement que le gremlin a réussi à croquer un bout de ta chaussure !

— Lentement ? répéta-t-elle en se plaquant les mains sur les genoux. Vu la situation, je n'aurais pas dû fuser vers le plafond ?

— Tu as raison, Piper, intervint Léo. Il y a bien quelque chose qui diminue vos pouvoirs à toutes les trois !

— Pourtant, rien d'étrange ne m'est arrivé, ces derniers temps, remarqua-t-elle d'un air malgré tout songeur.

— Et ton sens de l'humour suraiguisé, tu en fais quoi ? lui demanda Paige avec aigreur.

— C'est vrai que tu ris beaucoup trop, en ce moment, renchérit Léo. Ce n'est pas normal.

— Et… tu crois que c'est mauvais signe ? s'inquiéta Phoebe. J'ai la mémoire qui zappe, Piper nous fait une crise de rire chronique, et Paige bâille à tour de bras. Peut-être qu'il n'y a pas que nos pouvoirs qui ont été affectés par… Qu'est-ce qui se passe, au fait ?

— À moi non plus, il n'est rien arrivé de spécial, remarqua Paige. Je n'ai croisé ni démon, ni sorcier, ni personne animé d'intentions diaboliques.

— Tu l'as peut-être fait sans t'en apercevoir, lui objecta Piper en étouffant un nouvel éclat de rire.

— Elle a raison, soupira Phoebe. Nos adversaires démoniaques ne manifestent pas toujours leur présence.

— Cette maison est empreinte de tant de magie depuis si longtemps, observa Léo, qu'elle a pu attirer ce gremlin aussi bien que d'autres entités du mal.

— Bon, déclara Piper avec force, il est grand temps de consulter le *Livre des Ombres* !

Bondissant de son fauteuil à bascule, Phoebe se

rua devant le pupitre et se mit à feuilleter le vieux recueil d'une main fébrile. Brusquement, elle s'arrêta et demanda :

— Qu'est-ce que je cherche ?

— Un sortilège censé isoler tout nouvel élément magique qui se serait immiscé dans la maison, lui dit Piper en s'approchant à son tour. Attends, ça ira plus vite si je regarde.

— Réveillez-moi quand vous aurez trouvé quelque chose, les filles, leur dit Paige avant de se rouler en boule sur le tapis.

Pendant que Léo s'occupait de dégager un passage devant le radiateur et que Phoebe se collait le nez contre la lucarne du grenier, Piper se mit au travail.

Quelques instants plus tard, elle annonça :

— Je crois que ceci pourrait marcher.

Paige changea de position mais ne se réveilla pas pour autant.

— De quoi parles-tu ? lui demanda Phoebe du fond de la pièce.

Quant à Léo, tout à son problème de plomberie, il ne l'entendit même pas.

— Aucune importance, souffla Piper en lissant la page qui venait de retenir son attention. Je peux très bien me débrouiller avec le « Pouvoir d'Une seule ».

Après un profond soupir, elle commença à

réciter un sortilège destiné à démasquer de simples entités.

Forces magiques inconnues
Qui ont violé la porte obscure,
Êtres perdus ou objets errants
Qui vous cachez en ces lieux,
Réveillez-vous maintenant
Et manifestez votre présence.

Phoebe se retourna vivement.

Piper attendit anxieusement.

— Je l'ai ! cria Léo en levant un poing triomphant.

Comme il se penchait pour fermer la valve dégrippée par ses soins, un cri perçant émergea de l'intérieur du radiateur.

— On dirait que tu as trouvé quelque chose, murmura Phoebe.

Exactement, songea Piper en se précipitant à travers le grenier sans prendre le temps de rafraîchir la mémoire vacillante de sa sœur. Le gremlin ne réagissait pas au sortilège mais à la fermeture de la valve qui allait le coincer dans le radiateur.

— Dépêche-toi, Léo, avant qu'il nous file entre les doigts !

— C'est ce que je fais, bon sang !

Les muscles de ses bras se gonflaient tandis qu'il tournait le boulon rebelle.

Cette valve n'a pas dû être fermée depuis des

années, se dit Piper en regardant son mari s'arc-bouter sur la tuyauterie.

Puisque la créature pouvait comprendre d'une seconde à l'autre qu'il lui restait encore une issue pour s'échapper, la jeune femme se mit en devoir de la figer à l'intérieur même du radiateur. Mais l'inefficacité de sa magie ne fit qu'enrager l'amphibien qui poussa des cris de plus en plus rauques.

— Qu'est-ce qui se passe ? demanda Phoebe en se couvrant les oreilles.

— On tient un gremlin !

Les glapissements de la bestiole faiblirent subitement tandis qu'elle trouvait enfin une porte de sortie vers les canalisations inférieures.

— On l'a perdu, marmonna Léo qui achevait de fermer la valve.

— Dieu merci, dit Phoebe en se frottant les tempes.

Retournant vers son fauteuil, elle trébucha sur Paige qui dormait, et manqua de tomber.

— Comment est-ce qu'elle n'a pas été réveillée avec un bruit pareil ?

— J'aimerais bien le savoir, lui répondit Piper. Mais, avant que je me mette à rire si fort que je serai incapable de parler, voilà ce que je suggère.

— Lève-toi, Paige, lui lança alors Phoebe. L'une de nous deux doit entendre ce qu'elle dit parce que je ne sais pas si je m'en souviendrai dans les cinq minutes qui suivront.

— Le sortilège n'a pas marché ? interrogea Léo.

— Soit il n'a pas marché, reprit Piper, soit il n'y a pas d'entité magique dans la maison. Je pencherais plutôt pour la deuxième éventualité.

— Alors, on ne sait toujours pas ce qui interfère avec nos pouvoirs, fit Paige en se levant et en s'étirant.

— Exactement, lâcha Piper avant de se plaquer une main sur la bouche pour étouffer un éclat de rire involontaire.

Ayant réussi à le maîtriser, elle poursuivit :

— Dans ce cas, puisque aucun innocent n'a besoin d'être sauvé pour le moment, je crois qu'on devrait cesser d'utiliser nos pouvoirs jusqu'à ce qu'on trouve l'origine du problème.

— D'accord, dit Phoebe. Ça sera peut-être la première fois de ma vie que je me moquerai de me voir clouée ici sans rien faire.

— Ça me semble raisonnable, observa Paige, mais je crois tout de même que le stress et la fatigue ne sont pas étrangers à notre baisse de régime, non ?

— Moi, je ne crois pas, intervint Léo en tendant la clé anglaise à Piper. Peut-être que je devrais aller prendre conseil auprès des Anciens.

— C'est une bonne idée, fit Paige. Ils n'apprécieraient pas d'être tenus à l'écart, de toute façon.

— Alors, bon voyage, lui dit Piper en lui déposant un baiser sur la joue.

— À bientôt, ma chérie.

Elle lui fit un petit signe de la main au moment où il disparaissait dans un nuage étincelant.

— Et mes visions ? demanda soudain Phoebe. Il faut que je les stoppe aussi ?

— Inutile, lui dit Piper. Dans l'état où tu es, tu ne te souviendras pas assez longtemps de ce que tu as vu pour nous le raconter ensuite.

— Ça veut dire qu'on ne saura pas si Phoebe entre en contact avec un innocent menacé par un démon, remarqua Paige sur un ton grave.

— Dans ces conditions, tu peux être sûre que la puissance diabolique en question trouvera un autre moyen de se manifester. C'est toujours comme ça qu'ils font.

— Espérons qu'ils n'auront pas à le faire, reprit Phoebe. Sans nos pouvoirs, on ne serait pas capables d'aider qui que ce soit.

4

— Paige ! appela Lila, debout à l'entrée de la pièce.

— Oui ?

Elle leva les yeux de la pile de formulaires qui attendaient sur la photocopieuse. Le foyer de Hawthorn Hill avait promis d'accélérer le processus d'inscription de Stanley Addison si elle envoyait immédiatement toutes les informations supplémentaires dont ils avaient besoin. Et, puisque le fax du centre ne marchait pas, elle était obligée de faire des copies de tous les documents.

— Il y a quelque chose qui ne va pas avec la photocopieuse ?

— Non, tout va bien.

Enfin… façon de parler, songea Paige. Si, par bonheur, elle ne s'était pas endormie debout, elle se sentait complètement ailleurs, ce qui n'était guère mieux.

— Tu peux patienter encore cinq minutes ? J'ai presque fini.

— Je n'en ai pas besoin, lui répondit Lila. Je voulais juste te dire que tu as un visiteur…

— Une de mes sœurs ? Un client ? demanda-t-elle en tendant le cou.

Mais, de là où elle se trouvait, elle ne voyait pas son bureau, au milieu de la grande salle.

— Non, mais un garçon supermignon, avec une canne.

— Kevin Graves ?

Qu'est-ce qu'il fait là ?

— Dis-lui que j'arrive, d'accord ?

Bien qu'elle soit dévorée de curiosité, Paige acheva de faire ses copies et glissa le tout dans une enveloppe sur laquelle elle avait déjà inscrit l'adresse. Elle la laissa au réceptionniste pour qu'il la remette au coursier, puis elle retourna à son bureau en cachant tant bien que mal sa nervosité.

Elle trouva Kevin installé dans le fauteuil réservé aux clients, tapotant d'un air impatient le bout gommé de sa canne contre le sol. En l'apercevant, il lui décocha un sourire resplendissant.

— Bonjour, Paige.

— Bonjour, Kevin. Quelle surprise !

J'avais tout faux en pensant qu'il se désintéressait de moi, songea-t-elle en s'asseyant à l'extrême bord de sa chaise. Il lui semblait difficile de croire que quelqu'un d'aussi beau et athlétique puisse être timide. Mais la vie n'était-elle pas pleine de bizarreries ?

— J'espère que je ne te dérange pas, dit-il en prenant soudain l'air grave.

— Non, pas du tout, mentit-elle.

Si M. Cowan lui posait des questions, elle pourrait dire en toute honnêteté qu'elle et Kevin faisaient tous les deux du bénévolat au refuge de la 5e Rue.

— En quoi puis-je t'être utile ?

— Eh bien, hum…

Il sortit de sa poche une paire de lunettes noires et demanda :

— Elles sont à toi ? Je les ai trouvées dans ma voiture.

— Ah, non, fit-elle en considérant la marque de luxe non sans une pointe d'envie.

— Oh… je croyais qu'elles étaient tombées de ton sac quand je t'ai raccompagnée, l'autre soir.

— Désolée, mais non.

Où voulait-il en venir, exactement ? Il s'était montré tout à fait amical, hier au refuge, mais l'attraction mutuelle qu'elle avait ressentie si fort la veille ne s'était pas manifestée de nouveau.

Kevin lâcha un lourd soupir, puis regarda Paige à travers une épaisse rangée de cils noirs.

— Bon, d'accord… je ne les ai pas trouvées dans ma voiture, avoua-t-il.

Elle haussa les sourcils, étonnée, mais ne dit rien.

— Elles sont à moi, continua-t-il en glissant les lunettes dans la poche de sa chemise. C'est la seule excuse que j'ai trouvée pour te revoir. C'est assez nul, non ?

— Complètement nul, lui accorda-t-elle. Tu n'avais pas besoin d'une excuse pour me voir.

— Et, maintenant, j'ai tout fait foirer, c'est ça ?

S'appuyant sur sa canne, il se leva et s'assit sur le coin de la table.

— Je n'aime pas trop qu'on me raconte des histoires... commença Paige.

— Alors, laisse-moi me racheter, proposa-t-il.

Il inclina la tête et se pencha en lui effleurant la jambe du bout de sa canne.

— Je donnerais n'importe quoi pour t'emmener danser, mais puisque ça n'est pas possible...

Paige se sentit légèrement vaciller.

— ... que dirais-tu d'un dîner ensemble samedi soir, à la place ?

Remarquant alors son geste involontaire, il s'écarta brusquement et glissa du bureau.

— Promets-moi d'y penser, au moins. Je... on se verra plus tard, au refuge, de toute façon.

— Euh... oui, bien sûr, articula-t-elle d'une voix rêveuse. D'accord...

Le temps qu'elle reprenne ses esprits, Kevin avait disparu.

Paige soupira et posa le front sur ses bras repliés. Pourquoi n'avait-elle pas tout simplement accepté son invitation ? Être une sorcière avait mis un sérieux coup de frein à sa vie amoureuse et il passerait sans doute beaucoup d'eau sous les ponts avant qu'un autre homme ne lui propose un rendez-vous.

Tout en bâillant, elle ouvrit une paupière lourde pour regarder sa montre : trois heures dix, seulement, et elle tombait de sommeil. Comme si elle avait veillé la nuit entière alors qu'elle avait dormi neuf heures d'affilée. Elle avait même oublié de se réveiller et était arrivée en retard au travail.

Se sentant sombrer, Paige releva brusquement la tête. Si M. Cowan la surprenait ainsi, ce serait le drame ; elle aurait droit à une interminable litanie de reproches.

D'un geste las, elle poussa de côté le dossier de Stanley, se leva, jeta un coup d'œil attendri au cactus qu'elle venait de rempoter dans la céramique de grand-mère Halliwell, et saisit sa tasse avant de se diriger vers la machine à café.

Installée devant le bar, Piper préparait, comme tous les mercredis, la commande de boissons du *P3*. Aujourd'hui, cependant, elle n'était pas seule. Le groupe *Esprit Vengeur*, était arrivé à deux heures pile pour mettre au point leur premier concert à San Francisco, le lendemain soir. Si elle se basait sur ce qu'elle avait entendu lors de leur répétition, ils devraient faire un tabac.

Quand elle eut fini, la jeune femme poussa de côté son bon de commande en pensant appeler le fournisseur un peu plus tard. Se tournant à demi, elle posa les pieds sur le tabouret en face d'elle et accorda toute son attention aux musiciens. Puisque Dixie était toujours coincée par les horaires de sa baby-sitter étudiante, le bar avait besoin d'être nettoyé et réapprovisionné, mais cela attendrait bien dix minutes.

Alors qu'elle fredonnait l'air nostalgique que jouait le groupe, Piper songea non sans ironie que sa crise de fou rire chronique de la veille avait eu pour effet de la détendre et de la mettre de bonne humeur.

Daniel chantait les yeux clos et la tête rejetée en arrière, distillant une bonne dose d'émotion à chacune de ses phrases. *Tels les soupirs envolés au gré du vent, aucun amour ne dure jamais…*

Piper fut étonnée par le pessimisme de cette chanson. Celui qui l'avait écrite ne comprenait manifestement pas que l'amour affrontait des défis constants.

Tandis que sa voix rauque s'attardait sur la dernière note, Daniel leva les yeux, rencontra ceux de la jeune femme et lui sourit. Puis, au son des cordes qui s'éteignait, il pointa un doigt vers elle et vers lui-même avec un air à la fois interrogateur et engageant.

Flattée, Piper leva sa main gauche et lui montra

son alliance en riant. Aussitôt, il afficha une expression exagérément déçue, puis haussa les épaules et passa une main triste sur son clavier.

Karen, qui n'avait rien manqué de leur petit jeu, sauta de la scène et s'approcha du bar.

— Il ne fait pas dans la subtilité, parfois, dit-elle à Piper.

— Oui, c'est ce que j'ai cru comprendre, sourit-elle.

Ce petit flirt innocent lui rappela soudain Léo et à quel point il lui manquait. Des heures avaient passé depuis qu'il l'avait quittée, la nuit dernière mais, pour lui, « là-haut », il ne s'était écoulé que quelques minutes.

Karen ouvrit l'étui de sa flûte qu'elle avait laissé sur le bar.

— Je n'oublierai pas de la prendre avec moi sur scène, ce week-end, c'est juré, dit-elle avec un petit sourire. C'est vrai que je la couve un peu, mais elle est si ancienne.

— C'est bien ce qu'il me semblait, reprit Piper en remarquant qu'une partie du dessin gravé sur le bois était rouge.

Elle ne se souvenait pas avoir vu cette couleur sur l'instrument, lundi. Ce qui ne l'empêcha pas d'ajouter :

— Elle est magnifique.

— Merci, souffla Karen.

Comme elle se penchait sur le comptoir pour

attraper une serviette en papier, la flûte effleura la joue de Piper. Aussitôt, sa peau la picota et une autre vague d'étourdissement s'abattit sur elle.

— Encore une chanson et on pourra s'arrêter là aujourd'hui, lui dit Karen sans paraître remarquer quoi que ce soit. Tu dois avoir beaucoup à faire avant l'ouverture de ce soir.

Se tamponnant le front avec la serviette, elle repartit vers la scène.

— Oui, c'est vrai, articula Piper avant de fermer les yeux et de lâcher un profond soupir.

Son vertige diminua dès que les musiciens entonnèrent leur dernière chanson, un instant plus tard.

Tandis que Lancer plaquait un accord mineur, Brodie fit résonner un coup de cymbales. Puis le son des cuivres et de la basse se retira pour laisser place à la flûte, dont les tonalités plaintives emplirent la salle du *P3*.

Piper soupira, souhaitant que Léo revienne vite et lui explique ce qui lui arrivait et, surtout, ce à quoi elle avait affaire. Il n'y avait rien de drôle ni de normal à rire de tout. Bien que la perte de ses pouvoirs soit sans doute due à une puissance inconnue, il était possible aussi que le fait d'être une Charmed l'ait entraînée au-delà des limites de la normalité et l'ait fait disjoncter en lui infligeant ces incontrôlables crises de rire.

Alors, soit je suis devenue folle soit j'ai été

ensorcelée, se dit-elle en perdant tout à coup sa gaieté.

Se laissant tomber du tabouret, elle passa derrière le bar pour se mettre enfin au travail.

Karen cessa de jouer de la flûte pour mêler sa belle voix de contralto à celle de Daniel. Quand ils eurent terminé, les musiciens se félicitèrent mutuellement puis commencèrent à remballer leur matériel.

Piper se promit alors de demander à la chanteuse d'espacer un peu plus les ballades lentes et les chansons tristes, lorsque le groupe commencerait, le lendemain soir. Les ambiances déprimantes n'étaient pas bonnes pour les affaires.

— On va se manger une salade quelque part ? suggéra Brodie.

— Attends, il n'est même pas quatre heures ! riposta Daniel. Si je grignote maintenant, je n'aurai jamais faim pour le dîner.

— Moi, intervint Lancer, je suis prêt à dîner deux fois, s'il le faut.

Piper faillit intervenir en leur conseillant deux ou trois restaurants pas trop chers mais elle ne trouva pas le courage de dire un mot. Elle avait l'impression que tout le poids de la terre s'était soudain abattu sur ses épaules, et elle se sentait trop lasse pour parler.

— Une salade, ça me paraît bien, répondit soudain Karen en poussant les garçons vers la porte.

On se retrouve demain, Piper ? Aux alentours de vingt heures trente… ? J'aimerais me mêler à la clientèle pour tâter un peu l'ambiance de la salle avant de jouer.

— Bien sûr, répondit-elle avec un sourire forcé. Si vous voulez, le *Banjo*, un peu plus loin, a d'excellentes salades ; et ça ne vous coûtera pas une fortune.

— Merci, lui dit Karen en plongeant son regard intense dans le sien.

Puis, paraissant deviner qu'elle la mettait mal à l'aise, elle hocha la tête et sortit avec les trois musiciens.

Dès que la porte se fut refermée, Piper, restée seule, se mit à pleurer. Saisissant une série de serviettes en papier, elle s'effondra par terre et s'abandonna à d'incontrôlables sanglots.

Dans la salle de cours, Phoebe regardait sans comprendre l'écran de l'ordinateur. Elle aurait presque souhaité que toutes les forces du mal se soient soudain liguées contre elle et ses sœurs. Avoir affaire à une entité magique qui tentait de la rendre folle lui semblait encore préférable au fait de devenir cinglée à cause d'une mémoire qui déraillait.

Ou alors, c'est peut-être les deux à la fois, songea-t-elle en blêmissant.

Piper l'avait appelée un peu plus tôt pour lui

dire que Léo était rentré de « là-haut ». Elle lui avait semblé contrariée, ce qui n'était pas difficile à comprendre. Les Anciens restaient perplexes devant les afflictions émotionnelles, physiques et magiques qui secouaient les trois sorcières, et ils ne parvenaient pas à cerner la menace qui pesait sur elles. Ils fouillaient les archives pour y trouver des incidents ou des références similaires mais, sans information plus précise, leurs efforts restaient vains, pour l'instant.

Et voilà que Léo venait de repartir pour essayer de trouver quelque chose du côté des démons de la rue.

Phoebe partageait un peu l'appréhension des Anciens. Tout ce qui affectait le pouvoir des Charmed était plus qu'inquiétant. Cependant, elle commençait à se demander si le stress était vraiment à l'origine de leurs problèmes. À l'université, elle avait lu des dizaines de rapports sur certaines personnes ayant développé de sévères maladies physiques dues à une forte tension au travail ou à la maison.

Est-ce que la pression ou le stress pouvaient affecter ses capacités à fonctionner comme une sorcière ?

À voir son passé sentimental, cela n'aurait rien eu d'étonnant. Son histoire avec Cole n'avait pas été des plus simples. Tomber amoureuse d'un procureur pour s'apercevoir qu'en lui se cachait un démon nommé Balthazar qui avait pour mission de la tuer, puis faire croire à ses sœurs qu'elle l'avait vaincu alors que c'était faux et, enfin, devoir assumer avec lui le fait qu'il était devenu humain à part entière et avait donc perdu ses pouvoirs, tout cela n'avait pas été de tout repos pour Phoebe.

Beaucoup de gens sont devenus dingues pour moins que ça, songea-t-elle.

Mais elle ne devait pas négliger non plus que ses sœurs éprouvaient les mêmes effets bizarres. Et elles n'étaient pas amoureuses de Cole !

L'idée qu'elle risquait de perdre ses pouvoirs sans en connaître la raison ébranla soudain Phoebe. Tout en comprenant la difficulté que devait éprouver Cole à s'adapter à son nouvel état d'humain, elle n'avait qu'une hâte : qu'il sorte au plus vite de sa retraite pour venir la soutenir dans son épreuve.

Pour la dixième fois, elle relut les instructions censées l'aider à établir des tableaux sur son ordinateur. Mais, auraient-elles été écrites en sanskrit que cela n'aurait pas changé grand-chose. Le temps qu'elle atteigne la phase huit, elle avait déjà oublié la phase un. Comment parviendrait-elle à la fin des cours si elle n'arrivait pas à se rappeler ce qui avait été dit au début ?

— Mademoiselle Halliwell ? interrogea tout à coup le professeur.

— Euh… quoi ? Qu'est-ce que c'était, la question ?

— Nous n'avons pas relu ni appris nos notes, n'est-ce pas ?

— Bien sûr que si, protesta-t-elle, mais je ne me…

Il rejeta son excuse sans même la laisser terminer puis se tourna vers un jeune homme à lunettes.

— Monsieur Harrison ?

Assise derrière Phoebe, Kate se pencha vers elle et lui souffla :

— Ne laisse pas cet abruti te décourager.

— Quel abruti ? demanda-t-elle en regardant le professeur Deekle. Lui ?

— Qui veux-tu que ce soit ? Un bon prof ne rendrait pas ses élèves nerveux au point qu'ils soient incapables de répondre à ses questions.

— Peut-être que j'aurai de la chance et qu'il ne m'interrogera pas, murmura-t-elle.

— C'est à espérer, reprit Kate.

Le contact du métal froid contre sa nuque prit Phoebe par surprise.

— Qu'est-ce que c'était ?

— Quoi ? demanda Kate sans comprendre.

— Hein ? dit Phoebe en se retournant.

Elle semblait tout aussi confuse que la jeune femme.

— Tu as dit quelque chose ?

— Non, sourit Kate. Rien du tout.

5

Léo se matérialisa dans la cuisine des Halliwell sans rien de nouveau à raconter. Chez les démons, on n'en savait pas plus que les Anciens quant à d'éventuels complots des forces du mal destinés à anéantir les Charmed ou investir leur univers.

Et pourtant, ça n'a pas l'air si paisible, ici, songea-t-il en regardant autour de lui. Apparemment, les dernières dix-huit heures ne s'étaient pas écoulées sans heurt, au manoir.

Le domaine culinaire de Piper était une catastrophe.

Des ingrédients de toutes sortes étaient éparpillés sur la table et le comptoir, plusieurs portes de placards restaient grandes ouvertes, des auréoles humides gouttaient du plafond, dans une casserole bouillonnait une étrange matière brune et visqueusc, tandis qu'une autre, en partie brûlée, était renversée par terre.

Pour ajouter à l'inquiétude de Léo, le salon,

d'ordinaire calme et tranquille, résonnait du bruit insupportable de la télé qui braillait.

Un mouvement soudain dans l'évier attira son attention. Le bac était rempli de fruits et de légumes broyés ensemble en une étrange bouillie. Il se figea quand un gremlin jaillit de la bonde du bac voisin et sauta dans cette mixture peu ragoûtante.

Lentement, Léo tira un torchon du placard voisin et, sans oser respirer de peur d'alerter la créature qui se délectait, s'en entoura la main, prêt à bondir. Il ne lui restait plus qu'à saisir la visqueuse et vorace grenouille pour lui rendre sa liberté en la précipitant dans le monde souterrain d'où elle venait.

Mais, au dernier moment, le gremlin s'enfonça dans la soupe qu'il était en train de déguster puis disparut. Furieux d'avoir raté sa chance de capturer l'intrus, Léo jeta le torchon sur le comptoir mais crut alors percevoir derrière lui un bruit de succion. Il se retourna, regarda dans l'évier et vit de nouveau disparaître au milieu du magma une masse brune et grumeleuse.

— Piper ! s'écria-t-il.

Sans réponse, il suivit la voix tonitruante qui résonnait au salon – sans doute celle d'un animateur de jeu qui annonçait des scores. Il trouva sa femme installée devant l'écran, des larmes plein les yeux, un gros bol calé entre les genoux, dans lequel elle était en train de mélanger une espèce de pâtée verdâtre.

— Piper… ? répéta-t-il en venant s'agenouiller devant elle.

La veille au soir, elle avait tenté de lui cacher son désespoir quand il lui avait annoncé que, d'après les Anciens, aucun démon ne sévissait dans les parages du manoir. Mais, alors, il ne s'était pas rendu compte que, depuis son retour, ses crises de rire avaient laissé place à une quasi-déprime.

— Qu'est-ce qui se passe ?

Elle renifla et s'essuya le visage d'un revers de main.

— Millie a perdu.

— Millie ? demanda-t-il sans comprendre.

Du bout de sa cuiller, Piper lui indiqua l'écran.

— Ah, à la télé… lâcha-t-il, à peine soulagé.

Elle hocha la tête et de nouvelles larmes lui inondèrent les joues quand elle précisa :

— Elle n'a pas eu le cadeau qu'elle voulait. C'était pour son petit-fils… Elle a raté la dernière question…

— Quelle tragédie, articula-t-il, consterné de voir Piper dans cet état. Mais, qu'est-ce que tu prépares ?

— Une potion vitaminée pour Gilbert.

— Gilbert ?! C'est… Non, dis-moi que ce n'est pas le gremlin !

— Si.

— Et tu le nourris ? interrogea-t-il d'une voix étranglée.

— Ah, laisse-moi ! s'écria-t-elle subitement. Il fallait bien que je trouve de quoi l'occuper jusqu'à ce que tu arrives à l'attraper ! Tu as vu dans la lingerie ?

— Non, pourquoi ? C'est pire que dans la cuisine ?

Se penchant vers Léo, Piper lui murmura :

— Il a mis en miettes le tuyau d'évacuation d'air du sèche-linge.

— Qu'est-ce que faisait un gremlin des canalisations dans le sèche-linge ?

— Il piquait une colère, manifestement.

— Manifestement, oui…

Il était manifeste aussi que l'état dépressif de Piper s'était aggravé depuis la nuit dernière. Et le problème était autrement plus grave que ce gremlin perturbateur.

— Phoebe est là ?

— Au grenier. Elle est plongée dans le *Livre des Ombres*. Puisque la bonne vieille dépression des familles n'est pas à l'origine des troubles qui nous assaillent, elle cherche une explication du côté du surnaturel.

— O.K., ne bouge pas, lui ordonna-t-il. Je reviens.

Comme il disparaissait au grenier dans un

nuage de lumière, Piper prit la télécommande et changea de chaîne.

*
* *

— Tiens, Léo, qu'est-ce qui t'amène ? lui demanda Phoebe.

Assise par terre en tailleur, elle passait en revue le contenu d'un vieux coffre plein de trésors.

— Piper m'a dit que tu consultais le *Livre des Ombres*. Mais tu as l'air d'être occupée à tout autre chose, on dirait.

— Le *Livre des Ombres* ? Pour quoi faire ? s'étonna-t-elle en pliant une écharpe de soie qu'elle posa sur une pile de linges précieux.

— C'est vrai que, si tu es incapable de te rappeler ce que tu faisais trente secondes plus tôt, je ne vois pas l'intérêt de te plonger dans ce livre. Tu ne saurais même pas ce que tu y cherches…

— C'est logique, commenta-t-elle. Pourquoi, ça devrait m'inquiéter ?

— Impossible, puisque tu ne te rappelleras pas non plus ce pour quoi tu t'inquiètes ! Mais j'aurais malgré tout besoin de ton aide, si tu veux bien.

— D'accord, dit-elle en se levant avant de tapoter son jean. Quel est le problème ?

— Je te l'expliquerai en bas, histoire de ne pas avoir à me répéter, sourit Léo.

— Qu'est-ce que tu regardes ? demanda Phoebe à Piper une fois que Léo et elle l'eurent rejointe au salon.

— Un feuilleton, répondit-elle en s'essuyant les yeux avec le coin de son T-shirt. Comment peut-on avoir envie de regarder ça chaque jour ? Rien ne se passe bien pour personne dans cette histoire.

— Ça me rappelle quelque chose, ce que tu me dis là… murmura-t-elle.

Léo ôta des mains de Piper le bol de céréales vitaminées qu'elle préparait pour le gremlin. Elle les remuait depuis si longtemps que la mixture était devenue une soupe grumeleuse et grise.

— Phoebe, interrogea-t-il alors, où est ton ordinateur ?

— Je ne sais pas, fit-elle en balayant la pièce du regard. Je ne le vois nulle part.

Piper se leva alors et souffla à Léo :

— Tu donnes sa pâté à Gilbert et je te retrouve cet ordi.

— Piper… commença-t-il sur un ton exaspéré avant de lâcher :

— Est-ce que l'une d'entre vous a au moins testé ses pouvoirs, aujourd'hui ?

— Je ne sais pas, répondit Phoebe.

— On avait décidé de ne pas le faire, Léo, tu te rappelles ? dit Piper.

— Ah, bon ? s'étonna Phoebe. Quand ça ?

— Peu importe quand, lui rétorqua-t-il. Essaie de léviter, maintenant.

— D'accord.

Elle inspira profondément mais, lorsque ses pieds refusèrent de quitter le sol, elle serra les dents et ferma les yeux. Cet effort de concentration l'aida enfin à s'élever… de trente centimètres. Elle flotta dans l'espace quelques secondes, puis la pesanteur reprit le dessus sur sa magie et la ramena doucement à terre.

— Ce n'est pas possible, grommela Piper, une main sur le front.

— Me voilà ! lança soudain Paige en faisant claquer la porte du vestibule.

Laissant tomber son sac sur le tapis, elle s'écroula dans le canapé que Piper venait de quitter.

— Si tôt que ça ? demanda celle-ci en se mettant à pleurer doucement. Il n'est que quatre heures, Paige. Dis-moi que M. Cowan ne t'a pas virée, je t'en supplie. Sinon, on court toutes les trois à la catastrophe financière.

— Mais non, la rassura Paige avec un long bâillement. Il m'a renvoyée ici sous prétexte que j'étais malade.

— Tu as de la fièvre ? interrogea Phoebe en lui plaçant une main sur le front.

— Non, mais j'ai tellement sommeil que je ne tiens plus debout, et M. Cowan s'est mis dans la tête que j'avais la grippe. Il a préféré que je file du bureau avant de passer mes miasmes à tout le monde.

— C'est bien le premier coup de chance qu'on ait aujourd'hui, observa Léo.

Au moins, Paige – lorsqu'elle était réveillée – gardait-elle le plein contrôle de ses pensées et de ses actes.

— Pourquoi, vous avez une mauvaise journée, vous autres ?

— Oui, avoua Phoebe, perchée sur l'accoudoir du canapé. J'arrive à peine à décoller du sol.

— C'est nul, dit-elle en s'appuyant la tête contre le coussin derrière elle tandis que ses paupières commençaient à se fermer. Mais je croyais qu'on ne devait pas utiliser nos pouvoirs jusqu'à ce qu'on sache pourquoi ils ne marchaient pas.

— Ah, bon ? lâcha Phoebe. Je ne savais pas…

— J'ai une théorie sur la perte de vos pouvoirs, déclara soudain Léo sans vouloir cependant en dire davantage. Essaie de figer quelque chose, Piper.

— Bien, m'sieur, articula-t-elle en reniflant.

Elle claqua des doigts en direction de l'écran de la télévision… dont l'image ne se mit pas en pause mais bougea au ralenti, seulement.

— Oh, oh…

— C'est censé marcher comme ça ? demanda Phoebe.

— Non, mais peut-être que, si je l'explose, ça sera plus efficace, proposa Piper.

Sans laisser à Léo le temps d'objecter quoi que ce soit, elle visa une plante posée sur le rebord de la fenêtre. Mais, à part les feuilles qui remuèrent un peu et quelques pétales qui se détachèrent, rien ne se passa.

— C'est encore pire qu'hier, non ? commenta Paige dans un demi-sommeil.

— Difficile à dire, reprit Piper en haussant les épaules. Je n'ai rien essayé, hier.

— À ton tour, Paige, dit alors Léo.

S'asseyant péniblement au bord du canapé, la jeune femme replia les doigts. Elle hésita un instant puis lança les mains en avant.

— Télécommande ! ordonna-t-elle.

Léo grimaça quand rien ne se passa. Mais un instant plus tard, la télécommande se désagrégea lentement en particules qui se mirent à dériver vers les paumes ouvertes de Paige avant de se reformer.

— Bon… ça ne s'est pas passé exactement comme je l'attendais, commenta-t-elle sur un ton désabusé.

— Laisse-moi vérifier, dit Léo en lui prenant l'objet des mains.

À première vue, l'ensemble lui parut correct mais, en y regardant mieux, il s'aperçut que les numéros des chaînes étaient placés en dépit du bon sens.

— Mon Dieu, dit Paige quand il lui montra son œuvre, c'est vraiment pire qu'hier, en effet !

— C'est ce dont je voulais m'assurer, déclara Léo. Il s'est passé quelque chose qui a brusquement diminué vos pouvoirs. Et ça date d'hier, au plus tôt.

— Mais quoi ? demanda Paige, de plus en plus intriguée. Il ne s'est rien passé pour moi.

— Si, il s'est passé quelque chose… que tu n'as pas forcément remarqué. Tes pouvoirs se sont amenuisés d'un coup et tu te sens épuisée en permanence. Ce n'est pas normal.

— Je n'y comprends rien, dit Phoebe.

— Moi non plus, ajouta Piper.

— Ça veut dire qu'on a toutes les trois été exposées à quelque chose, reprit Paige. C'est dur à croire quand on sait que la seule fois où on s'est retrouvées ensemble, c'était ici.

— Gilbert ! s'étrangla Piper.

— Gilbert ? répéta Paige. Qui est-ce ?

— Piper a nommé un gremlin, expliqua Léo. Mais ces créatures n'ont pas le pouvoir d'affecter directement quelqu'un, qu'il soit bon ou mauvais. Elles n'ont que des propriétés magiques qui les rendent capables de déstabiliser des choses inanimées comme, par exemple, des canalisations.

— Tu as *nommé* un gremlin ? demanda Paige en regardant Piper d'un air grave.

— Oublions Gilbert, pour l'instant, conseilla Léo. Ce n'est pas lui la cause de vos problèmes. Mais, en attendant, il faut qu'on trouve le vrai responsable avant que vos pouvoirs ne vous quittent complètement.

— Et… tu as une idée ? hasarda-t-elle avec espoir.

— Pas vraiment. Tout ce que je sais, c'est que, ces derniers jours, vous êtes tombées sur quelque chose que vous n'aviez jamais rencontré auparavant. Et ça vous est arrivé deux fois, déjà !

Paige essayait de repousser le gremlin qui s'en prenait à sa jambe, mais la répugnante bestiole ne faisait qu'enfoncer ses crocs plus fort encore dans sa chair.

— Allez, Paige, secoue-toi.

— Hein… ? Quoi ? articula-t-elle en s'extirpant brusquement de son sommeil.

— Il est presque sept heures, lui annonça Phoebe. Allez, hop, debout !

— Mais pourquoi ?

En gémissant, elle ramena les genoux sous elle et se couvrit le visage de ses bras. Elle était toujours allongée sur le canapé où on l'avait laissée dormir depuis leur petite réunion de l'après-midi.

— Euh… attends, il faut que j'essaie de me souvenir.

Intriguée, Paige roula de côté pour regarder sa sœur à travers des paupières mi-closes.

— C'était vraiment nécessaire de me réveiller ? insista-t-elle.

— Oui. Ah, ça y est, je me souviens ! Piper est en train de préparer le dîner et Léo voudrait que tu jettes un œil dans le *Livre des Ombres*. On l'a descendu à la cuisine, ne t'inquiète pas.

— Mais, et toi ?

— Moi, avec ma mémoire qui zappe en permanence, je ne peux pas servir à grand-chose pour le moment.

Paige se leva non sans peine et se dirigea d'un pas lourd vers la cuisine. Quel ne fut pas son étonnement de trouver la pièce dans un état impeccable.

— Piper, vous… vous avez tout rangé pendant que je dormais ? demanda-t-elle alors que Phoebe lui emboîtait le pas.

— Oui, excepté la moitié de l'évier. Tu vois toutes ces épluchures qui attendent d'être évacuées ?

— Oui… Gilbert se serait-il attaqué aussi au broyeur, par hasard ?

— Je n'ai pas l'intention de mettre cet appareil en route pour chercher à le savoir, répondit-elle. On a assez de problèmes comme ça.

— Dis-moi, Paige, lui lança Léo qui achevait de ranger des tasses dans le placard, j'espère que tu vas rester éveillée un moment, maintenant.

— Je vais essayer, lâcha-t-elle en bâillant.

Elle tira une chaise devant la table, s'assit en face de Phoebe et ouvrit le *Livre des Ombres*.

— Léo, tu peux me renseigner un petit peu sur ce que je dois chercher ?

— Désolé, Paige, s'il y a quelque chose d'intéressant là-dedans, tu es censée le reconnaître dès que tu tomberas dessus.

Hochant la tête, elle commença à tourner les pages du vieux recueil dont le contenu magique changeait en permanence, mû le plus souvent par la main d'un ancêtre, selon les besoins qui se présentaient. Aussi Paige ferma-t-elle les yeux en le feuilletant, dans l'espoir de percevoir une vibration dès qu'elle mettrait le doigt sur une phrase ou une formule susceptibles de leur venir en aide.

Pendant ce temps, Phoebe recherchait sur son ordinateur tout ce qui touchait aux gremlins et à leurs habitudes.

Apparemment, sa mémoire ancienne était intacte, ce qui rendait l'ensemble sorcière-machine plutôt efficace.

— Et le refuge ! s'écria soudain Paige. J'avais promis d'y aller ce soir !

— Ne t'inquiète pas, lui répondit Piper. J'ai

appelé Doug pour lui dire que tu ne te sentais pas bien.

— Ouf, merci… J'espère seulement que Jennifer et Kevin viendront lui donner un coup de main.

— Si tu veux savoir, je me suis libérée du *P3* aussi, et Phoebe n'est pas allée à son cours d'informatique non plus. Tout le monde reste à la maison jusqu'à ce qu'on obtienne une réponse.

Se concentrant de nouveau sur le *Livre des Ombres*, Paige s'arrêta soudain sur une page.

— Tu as quelque chose ? lui demanda Léo.

— Je crois. Mais, c'est drôle, ça n'a pas l'air d'être un sortilège.

— C'est peut-être une incantation, suggéra Piper.

— Peut-être. Écoutez : *Et si les trois démons sont réveillés, les champions de la vertu devront défendre la lumière des âges passés, ou renoncer, car les guerriers de l'ombre auront frappé avant eux.*

— Tu comprends ce que ça veut dire ? interrogea Phoebe après avoir tapé la formule sur son clavier.

— Pas vraiment mais on est quand même un peu plus avancés, répondit Léo en se levant. Piper, je retourne voir les Anciens.

— Vas-y, ils auront peut-être des idées là-dessus.

Dès qu'il eut disparu, Paige laissa reposer sa tête sur le recueil magique, ferma les yeux et murmura :

— Et n'oublie pas de faire une sauvegarde, Phoebe.

— Je le fais tout de suite, la rassura-t-elle.

Paige avait sombré dans le sommeil avant même que Phoebe n'ait achevé de taper.

6

Karen abandonna sa veste de cuir sur une chaise tandis que Kevin refermait derrière eux la porte de l'appartement.

— Où est Kate ? demanda-t-elle.

— Ici ! lança la jeune femme.

Emergeant de la pièce voisine, un sourire radieux sur les lèvres, elle brandissait devant eux un grand couteau de cuisine.

— Tu affûtes tes armes de combat, Ce'kahn ? interrogea Karen sur un ton amusé.

— *Kate* a apporté de la pizza, corrigea Kevin sur un ton sévère.

Il lui rappelait ainsi que leurs noms de clan devaient rester secrets jusqu'à l'anéantissement des Sol'agath.

— Oui, je réfléchis mieux l'estomac plein, déclara Kate avant d'aller déposer la pizza fumante sur la table basse du salon.

— Alors, pourquoi cette réunion subite ? demanda Karen.

Kevin tourna vers elle un regard dur. Autrefois appelée Sh'tara, Karen savait qu'on ne discutait pas avec lui. Shen'arch, l'ancien maître sorcier dont tous respectaient la sagesse et la puissance, les avait aidés à fuir un destin misérable avant de le désigner, lui, Tov'reh, comme leur chef.

Lorsque Karen avait rencontré Kate et Kevin, deux ans plus tôt, il avait été très ferme sur ce point : continuer de prétendre qu'ils étaient tous trois des humains. Elevés dans des familles normales, munis de diplômes universitaires, ils avaient chacun un métier et, comme tout le monde, entretenaient des relations amicales avec leur entourage.

Leurs antécédents ordinaires n'avaient donc rien qui puisse alarmer ni même intriguer les descendantes des Sol'agath. Ils s'étaient également assurés que leurs anciens noms de Dor'chacht ne parviennent pas jusqu'aux Puissances Supérieures, qui auraient ainsi pu faire la relation avec le passé.

— Même les anciens guerriers de l'ombre doivent manger, plaisanta Kevin pour alléger l'atmosphère.

— Je ne veux pas arriver en retard au *P3*, dit Karen en considérant la pizza au fromage avec dégoût. Et puis, le sanglier grillé à la broche me manque trop.

— Beurk... lâcha Kate. Moi je suis ravie au contraire de manger comme les humains. Les hamburgers, les crevettes, le poulet en sauce, les...

— Assez parlé de nourriture, coupa Kevin sur un ton sec. Nous avons à discuter d'un problème sérieux et il ne nous reste pas beaucoup de temps pour cela.

— C'est pour ça que Kate n'est pas à son cours et que toi tu n'es pas au refuge ce soir ? hasarda Karen.

Assise sur l'accoudoir du divan, elle gardait précieusement l'étui de sa flûte sur ses genoux. Kevin la vit porter son regard sur la télévision, puis sur l'ordinateur dernier cri qui trônait sur le bureau. Elle s'était toujours sentie étrangère au siècle qui venait de s'achever, alors que lui s'était facilement adapté à toutes les innovations technologiques du monde moderne.

Quant à Kate, son intérêt pour les hommes, la bonne chère et les jeux sportifs était tout aussi vif aujourd'hui qu'il l'avait été des milliers d'années plus tôt.

— Paige n'est pas venue au refuge, ce soir, répondit-il.

— Et Phoebe n'est pas venue à la leçon, enchaîna Kate avant de mordre dans sa part de pizza.

— Tu crois que les sorcières Sol'agath ont compris ce qui se passait ? demanda Karen.

— Comment le pourraient-elles ? rétorqua Kate en ôtant une traînée de fromage de son menton. Shen'arch a dit que les Puissances Supérieures seront incapables de nous détecter tant que nous gardons une forme humaine. Et on sera encore humains jusqu'à demain soir – quand on aura pénétré la Vallée des Âges et qu'il sera trop tard pour nous arrêter.

Et nos pouvoirs qui dorment tranquillement dans des objets artisanaux, songea Kevin en souriant pour lui-même. Les puissances d'en haut et les éléments démoniaques d'en bas ne pouvaient détecter la magie inerte, surtout quand cela faisait trois millénaires qu'elle restait inutilisée. Le temps et l'art inégalable de Shen'arch avaient parfaitement servi leur cause.

— Doug a dit que le beau-frère de Paige avait appelé en annonçant qu'elle était malade, expliqua Kevin. Puisque sa fatigue s'accroît à mesure que ma canne affaiblit ses pouvoirs, je veux bien le croire.

— Quant à Phoebe, elle ne s'est peut-être pas rappelé qu'elle avait cours, ce soir, dit Kate en riant. La dernière fois, il lui a fallu moins de cinq minutes pour oublier que M. Deekle l'avait interrogée, et ça, bien avant que je ne la touche une deuxième fois.

— Je ne serais pas étonnée de découvrir que Piper se méfie de quelque chose, déclara Karen en posant une main protectrice sur l'étui de sa flûte. Impossible pour elle de ne pas se rendre compte qu'elle est passée si brusquement des crises de rire aux crises de larmes. Sans parler de son pouvoir qui a méchamment diminué…

— Mais elle ne fait peut-être pas le lien avec le fait de toucher ta flûte, lui dit Kate.

Peut-être, peut-être pas… songea Kevin. Les mélodies que Karen jouait sur son instrument avaient influencé Piper car elle était une sorcière. Un lien temporaire et magique s'était formé entre elles deux lorsque la flûte avait absorbé une partie de ses pouvoirs.

Les effets secondaires infligés à Paige par sa canne et à Phoebe par le bracelet de Kate étaient nettement plus faciles à expliquer.

Quoi qu'il en soit, la fatigue, la perte de mémoire et l'humeur lunatique dont étaient respectivement victimes les trois Charmed les avaient à coup sûr empêchées de découvrir la conspiration des Dor'chacht, comme l'avait prévu Shen'arch.

Et, si Piper commençait à avoir des soupçons, il était trop tard pour lui venir en aide.

— Lorsque je verrai Piper au *P3*, dit Karen, je saurai tout de suite si elles ont découvert quelque chose. De toute façon, je m'arrangerai pour qu'elle effleure encore une fois la flûte.

L'air soudain grave, elle ajouta :

— Mais ça ne résout pas votre problème. Il faut que vous touchiez Phoebe et Paige une troisième fois pour que la bataille commence vraiment.

— Je vais passer chez Phoebe pour lui déposer les cours de ce soir, déclara Kate en s'essuyant les doigts. Comme on est devenues assez amies, elle ne se posera pas de questions.

— Mais tu n'es pas allée à la leçon, aujourd'hui, lui opposa Karen.

— Non, mais Stuart Randall y est allé et il a pris des notes pour moi. On sort ensemble, tout à l'heure, et il a dit qu'on pourrait s'arrêter deux minutes chez Phoebe avant d'aller au cinéma.

— Tu as un rendez-vous ! s'exclama-t-elle, stupéfaite. Ce soir ?

— Et pourquoi pas ? Je ne peux pas avoir de petit ami maintenant qu'on est devenus la force magique la plus puissante du monde ?

Kevin aussi était étonné de l'attitude de Kate. Une détermination et une conviction inébranlables étaient essentielles au combat qui se préparait contre Paige et ses sœurs, les sorcières les plus puissantes dans la lignée des Sol'agath. Trente siècles plus tôt, les Dor'chacht avaient provoqué les ancêtres Halliwell, dans l'espoir de les exterminer, elles et leur magie bienveillante, mais ils avaient largement sous-estimé la puissance du bien. Ils avaient perdu cette bataille mais, aujourd'hui, l'occasion de la vengeance tant attendue était toute proche.

Kevin lâcha un lourd soupir pour affirmer sa résolution. Propulsé à travers le temps par le sortilège de Shen'arch, il avait émergé vingt-six ans plus tôt, les entrailles rongées par l'humiliation de la défaite. S'ils échouaient cette fois, ils n'auraient plus aucune chance de récupérer la magie perdue des Dor'chacht et la puissance qui l'accompagnait. Leurs matrices mentales, spirituelles et émotionnelles mourraient, ne laissant d'eux qu'un corps sans âme et sans vie.

Mais ils ne perdraient pas, se jura Kevin. Leur féroce désir de vengeance, ajouté à leur expérience, leur procurait une vigueur qu'ils n'avaient jamais eue auparavant. Cette fois, ils ne seraient pas victimes de leur arrogance et de leur naïveté quant à leur invulnérabilité. Ils étaient en train de désarmer les sorcières Sol'agath.

— Quand tout sera fini, tu pourras changer d'homme tous les jours si tu le désires, Kate, lui dit-il pour l'apaiser. Et tu n'auras plus besoin d'aller à tes cours d'informatique.

— Cool.

— Mais, d'abord, on doit triompher, ajouta-t-il en se tournant vers Karen. J'ai travaillé ce soir jusqu'à l'heure du repas pour que Doug ne se doute de rien, au cas où j'aurais besoin d'y retourner demain pour accrocher Paige.

— Et si elle se fait encore porter pâle demain ?

— Je suis passé la voir hier à son bureau pour marquer le deuxième contact avec elle, ne t'inquiète pas. Maintenant, il ne me reste qu'à trouver une autre idée.

— Et si tu passais au manoir ce soir, aussi ? suggéra Kate.

— Ça ne paraîtrait pas un peu gros ? demanda Karen.

— Pourquoi ? Une fois qu'elles seront zappées, elles seront bien trop secouées pour s'attaquer à nous.

Ce qui n'était pas si bête, songea Kevin. Le deuxième contact avec les objets magiques avait réduit de moitié les pouvoirs des Charmed. Le troisième leur en ôterait encore le quart, ce qui laisserait aux trois sorcières juste assez de magie pour ne pas devenir trop humaines, ce qui pourrait faire échouer le plan des Dor'chacht.

— D'accord, déclara Kevin, je vais passer au manoir. Mais évitons surtout de nous y présenter en même temps.

— Stuart ne me prend qu'à neuf heures et demie, dit Kate. Ça te donne tout le temps de passer avant.

Ses yeux bleus scintillaient d'un délice cruel en contemplant le jonc épais qu'elle portait autour du bras. La moitié du dessin gravé dans l'or était devenue rouge, indiquant par là qu'il avait déjà capté cinquante pour cent de la magie de Phoebe.

Ouvrant son étui, Karen regarda la flûte qui, elle aussi, montrait la même caractéristique : les motifs de l'instrument avaient viré au cramoisi. Elle le referma alors vivement et déclara :

— Il faut que j'y aille. Les garçons vont se demander ce qui se passe, si j'arrive en retard au *P3*. Je ne voudrais pas qu'ils se posent des questions.

— *Esprit Vengeur*... articula Kate avec un sourire maléfique. Joli nom pour un groupe, surtout que les gars sont supermignons. Je suis d'avis de se les mettre de côté pour les récupérer quand on en aura fini avec ces Sol'agath.

— J'en ai bien l'intention, lui assura Karen en se levant. Au moins jusqu'au moment où ils deviendront trop ennuyeux. Alors, je les remplacerai.

— Mon Dieu, j'ai hâte, reprit Kate. J'ai hâte de m'amuser à terroriser de nouveau des humains.

Kevin savait parfaitement ce qu'elles ressentaient. Sa capacité à changer les propriétés physiques des êtres et des choses lui manquait autant qu'il manquait à Karen d'imposer sa volonté à n'importe quelle créature par la seule force de son cerveau. Quant à Kate, son pouvoir de commander aux éléments naturels était moins subtil mais tout aussi puissant.

— Il n'y a rien de plus excitant que de pourchasser une proie intelligente menacée par une tornade de force cinq, ajouta-t-elle.

— Si, la vengeance, peut-être... murmura Kevin.

Dans la cuisine du manoir, les trois sœurs Halliwell étaient soigneusement en train d'établir la liste de ce qu'elles avaient fait depuis dimanche qui puisse être la cause de leurs ennuis.

— Qu'est-ce que tu as fait, lundi, demanda Piper à Phoebe qui avait le plus grand mal à se rappeler quoi que ce soit.

— Pas grand-chose, répondit-elle en mordillant pensivement le bout de son crayon. J'ai fait du repassage, j'ai dîné d'un sandwich avec Léo quand tu étais au *P3*, puis je suis allée à mon cours.

— C'est là que tes troubles ont commencé ? Pendant ta leçon ?

— C'est vrai, maintenant que tu le dis, ça...

Le téléphone sonna soudain et Paige décrocha.

— Résidence Halliwell, annonça-t-elle.

Au bout d'un instant, elle passa le récepteur à Piper.

— C'est le *P3* ; ça a l'air d'être important.

Piper ne put retenir ses larmes en entendant la voix paniquée de Dixie. *Esprit Vengeur* avait donné un premier concert d'enfer et les clients avaient adoré. Mais, quand Karen avait compris que Piper ne viendrait pas ce soir, elle avait exigé que le groupe soit payé sur-le-champ. Pas d'argent, pas d'autre représentation. C'était clair.

— Des ennuis ? demanda Phoebe quand elle raccrocha.

— Oui, avec les musiciens... toujours la même chose.

C'est alors que la sonnette de l'entrée retentit.

— Quoi, maintenant ? s'écria-t-elle sur un ton excédé.

— J'y vais, lui dit Paige en lui posant une main sur l'épaule. Calme-toi.

— Comment veux-tu que je me calme ? lâcha-t-elle alors que sa sœur disparaissait dans le vestibule.

Saisissant son sac sur le comptoir, elle sortit en trombe de la cuisine.

— Il faut que je passe au club pour payer le groupe avant qu'il ne me file entre les doigts et anéantisse la réputation du *P3* !

— Quel est le problème ? interrogea Phoebe en déchirant la page où était notée leur liste.

Elle la plia et la glissa dans la poche de son jean.

— Moi, quand je serai là-bas ! rétorqua Piper, furieuse.

Arrivée dans l'entrée où Paige ouvrait la porte,

elle se ressaisit et considéra avec curiosité le grand blond appuyé sur une canne qui venait d'apparaître sur le seuil.

— Kevin ! s'exclama sa sœur, de toute évidence agréablement surprise de le voir. Qu'est-ce que tu fais là ?

— Doug m'a dit que tu étais malade et je... j'étais un peu inquiet. Je venais voir si, par hasard, tu avais besoin de quelque chose.

— C'est très gentil mais j'aurai récupéré après une bonne nuit de sommeil, répondit-elle, apparemment sans intention de le laisser entrer. Toutes ces heures supplémentaires au refuge ont fini par m'épuiser.

Les bénévoles n'ont plus le look qu'ils avaient avant, songea Piper en se dirigeant vers la porte. À voir son visage d'ange et sa silhouette athlétique, elle comprenait à présent pourquoi Paige avait décidé de prolonger d'une semaine son bénévolat au refuge.

Surpris par la brusque irruption de Piper dans le vestibule, Kevin parut sur le point de perdre l'équilibre. Comme il se redressait en avant, l'extrémité de sa canne se releva et toucha le bras de Paige.

Piper aperçut à ce moment-là le dessin gravé sur la poignée d'argent, qui se prolongeait ensuite sur le bois du manche. Mais, alors qu'elle lui trouvait une étrange ressemblance avec le motif sculpté sur la flûte de Karen, Paige s'effondra.

— Paige ! s'écria-t-elle en la retenant de justesse tandis que son sac lui glissait du bras.

— Hé, vous ! lança Phoebe du seuil de la cuisine.

— Moi ? Je…

Kevin s'appuya contre le chambranle et laissa reposer sa canne par terre. Il considéra Paige d'un air stupéfait, puis tourna vers Piper un regard consterné.

— Qu'est-ce qui lui arrive ?

Piper ôta lentement le bras qu'elle avait passé sous la taille de sa sœur et laissa tomber son sac à terre. Elle ignorait ce qui venait de se passer mais cela avait sûrement un lien avec son manque de sommeil. Une chose était certaine, en tout cas : elle ne voulait pas que Kevin s'attarde ici et qu'il pose des questions auxquelles elle ne pourrait pas répondre.

— Heu… elle est un peu… narcoleptique, en ce moment.

— Narco… qu'est-ce que c'est que ça ? demanda-t-il en reculant d'un pas.

— Un sorte de tendance irrésistible au sommeil, expliqua-t-elle. Ça vient comme ça, sans prévenir.

— Dites donc, pourquoi venez-vous de frapper Paige avec votre canne ? interrogea Phoebe qui venait de faire irruption à côté d'eux.

— C'était involontaire, répondit-il sur un ton embarrassé. Je ne voulais pas…

— Ce n'est pas votre faute, Kevin, intervint Piper. Je dirai à Paige de vous rappeler. Il vaut mieux que vous nous laissiez, maintenant ; on va s'occuper d'elle.

— Bien sûr. Dites-lui que je serai au refuge demain.

Avec un sourire crispé, Kevin se retourna et descendit les marches du perron en claudiquant.

— Qui est ce type ? demanda Phoebe en le suivant des yeux sur le pas de la porte.

— Un des bénévoles du refuge.

— Et qu'est-ce qu'il lui est arrivé ? ajouta-t-elle en s'agenouillant auprès de sa sœur.

La respiration de Paige était lente et régulière. Elle semblait parfaitement paisible.

— Elle s'est endormie d'un coup, répondit Piper.

— Dans l'entrée, comme ça ? Mais pourquoi ?

— Bonne question, Phoebe, mais je n'ai pas le temps d'y répondre maintenant.

Elle secoua un peu la jeune femme qui remua la main sans paraître vouloir s'extirper de son sommeil.

— Peut-être qu'on devrait la porter jusqu'au canapé, suggéra Phoebe. Elle y sera mieux, tu ne crois pas ?

— On peut essayer, dit-elle en la saisissant sous

les aisselles. Dommage qu'elle ne puisse pas se téléporter en dormant.

— Comme une somnambule ? Ça serait cool…

— Oh, mon Dieu, résonna alors une voix féminine à l'entrée. J'ai peut-être mal choisi mon moment, Phoebe…

— Euh… oui, en effet, répondit celle-ci en lâchant les pieds de Paige pour regarder la nouvelle venue. Je vous connais ?

Piper considéra avec curiosité l'apparition blonde aux pétillants yeux bleus. Son visage avait un peu les mêmes caractéristiques que celui de Kevin…

— Ah, elle est trop drôle ! s'exclama-t-elle en roulant des yeux étonnés. Kate Dustin, tu ne te rappelles pas ? On a pris un café ensemble, après le cours d'Internet.

Piper l'observa d'un air de plus en plus intrigué. Avec ses cheveux blonds, ses yeux saphir et son teint de pêche, elle avait tout de Karen Ashley, la chanteuse d'*Esprit Vengeur*. Un sentiment désagréable lui vrilla l'estomac. Pour les Charmed, c'était clair : les coïncidences n'existaient pas.

— Ah, oui, dit Phoebe qui, de toute évidence, ne se souvenait de rien. Et vous êtes là pour… ?

Kate lui tendit un cahier à spirale.

— Puisque tu n'es pas venue au cours ce soir, j'ai pensé que mes notes te seraient utiles.

Comme Phoebe se redressait, la jeune femme

se pencha vers elle. Lorsqu'elles se heurtèrent, le cahier glissa des mains de Kate.

— Quelle maladroite, je fais ! s'exclama-t-elle en se baissant pour attraper l'objet en même temps que Phoebe.

Son bracelet se prit dans les mailles du tricot crocheté de la jeune sorcière et, alors qu'elle essayait de l'en détacher, Piper remarqua le dessin gravé dans le métal. Le même que celui de la canne de Kevin et que celui de la flûte de Karen ! Mieux encore, il était rouge vif !

— Ce n'est pas grave, articula Phoebe avant de vaciller comme si la tête lui tournait.

Lâchant Paige pour retenir Phoebe, Piper se demanda si le fait de toucher ce bracelet avait déclenché chez elle une vision.

La tête de Paige heurta le sol mais elle ne se réveilla pas.

Intriguée par le regard absent de Phoebe, Kate demanda :

— Elle va bien ?

— Est-ce qu'elle a l'air d'être en forme ? rétorqua Piper d'une voix sèche.

Les choses allaient trop vite pour saisir ce qui se passait, mais le malaise qu'elle éprouvait en face de Kate ne fit que s'intensifier.

— Hé, je lui proposais de l'aider, c'est tout, riposta celle-ci en levant les mains devant elle.

Elle reprit rapidement le cahier, le serra contre

sa poitrine et marmonna en se retournant pour partir :

— Après tout, tant pis pour elle si elle sèche.

— Qui est-ce ? demanda tout à coup Phoebe juste avant que Piper ne referme la porte derrière elle.

— C'est Kate. J'imagine que c'est stupide de te demander si tu te souviens de la vision qu'elle vient de te déclencher.

— J'ai eu une vision ? Là, maintenant ?

— D'accord… j'ai compris.

— Désolée. C'était sans doute superimportant, non ?

— Tes prémonitions sont en général superimportantes, Phoebe.

Mais, au fond, songea Piper, si elle n'avait eu qu'un étourdissement ? Cette éventualité lui remit en mémoire une question qu'elle s'était plusieurs fois posée, ces derniers jours. Elle aussi avait eu des sortes de vertige… en touchant la flûte de Karen… par deux fois.

— Euh… Piper, lui souffla Phoebe en lui tapotant l'épaule, il y a une femme couchée sur le canapé.

— Ah, non, ne me dis pas que tu as oublié qui est Paige, maintenant !

— Paige ? Tu me mets sur la voie, s'il te plaît ?

— Quelle est la dernière chose dont tu te souviennes ? lui demanda Piper d'une voix anxieuse.

— Hum… attends… Cole a tué une sorcière, seulement il n'était pas vraiment responsable parce qu'il s'était fait rouler par un type de la Confrérie de…

Tout cela était arrivé des mois plus tôt ! songea Piper avec effarement.

— Mais alors, je suis devenue une fée, continua Phoebe, et j'ai découvert que Cole m'aimait réellement et que je l'aimais aussi. Et… je n'aurais jamais pu l'aimer s'il avait été un démon. Je n'aurais pas pu…

— On est dans une galère pas possible, marmonna Piper en s'appuyant contre le mur.

Lorsqu'il était devenu clair que l'épuisement de Paige et la perte de mémoire de Phoebe avaient empiré après les visites respectives de Kevin Graves et de Kate Dustin, les trois sorcières avaient commencé à établir un rapport entre leur état anormal et la présence de ces deux personnages.

Restait Karen qui, depuis la veille, cherchait désespérément à attirer Piper au *P3* sous prétexte de se faire payer tout de suite après le premier concert. Quel groupe de musiciens aussi professionnels qu'*Esprit Vengeur* insisterait de la sorte alors qu'ils venaient de se faire engager pour trois représentations d'affilée dans le même club ?

Karen devait agir seule, et elle avait certainement de bonnes raisons pour cela.

Mais Piper, méfiante, avait chargé Dixie de régler les prestations de l'orchestre après chacun de leur numéro. Et voilà que Karen insistait maintenant pour se faire rémunérer avant de jouer ! Ce qui exigeait la présence de Piper au club afin de trouver une solution à ce malentendu.

— Désolée, Dixie, lui dit-elle au téléphone, je ne peux pas venir ce soir. Karen devra attendre demain, c'est tout.

Elle raccrocha et lâcha sur un ton excédé :

— Et où est Léo ? On ne peut pas accélérer les choses, un peu ?

— O.K., mais il me faut un bon café pour me tenir éveillée, déclara Paige en se versant une troisième tasse du liquide fumant.

— Alors voilà, dit Phoebe, plongée dans ses notes. Kevin, Karen et Kate utiliseraient respectivement une canne, une flûte et un bracelet pour nous voler nos pouvoirs.

— Ça m'en a tout l'air, commenta Piper.

Même si Paige répugnait à croire que Kevin était un sale personnage, aucune autre explication ne tenait debout. Il l'avait touchée trois fois avec sa canne : lundi au refuge, mercredi au centre où elle travaillait, et ce soir au manoir. Sa fatigue s'était accrue et ses pouvoirs avaient diminué après chaque rencontre.

Quant à Phoebe, ses entrevues avec Kate avaient agi de la même façon sur sa mémoire : son bracelet l'avait effleurée une première fois au cybercafé, une seconde fois pendant le cours de M. Deekle, et une dernière fois, ce soir, aussi.

Piper également avait été en contact à plusieurs reprises avec l'étrange flûte de Karen, et c'était elle qui l'avait poussée à engager le groupe *Esprit Vengeur*, alors que les airs qu'elle chantait ne correspondaient pas du tout au *P3*.

— Cette musique qui a réussi à influencer ta volonté, ça me rappelle quelque chose, déclara alors Phoebe, songeuse. À propos d'un article que j'avais écrit, au lycée.

— Tu plaisantes ? s'inquiéta sa sœur.

— Pas du tout. Écoute, avant que ma mémoire ne me lâche : dans l'ancienne Irlande, un homme des Tuatha dé Danann, nommé Dagda, avait une harpe qui manipulait les émotions.

— Tuatha dé Danann... Qu'est-ce que c'est ? interrogea Paige.

— Une peuplade aux dons magiques qui vivait dans l'île avant l'arrivée des Celtes, environ mille ans avant J.-C. Tous les mythes irlandais modernes proviennent de leur très ancienne culture... Hé, salut, Léo !

Voyant son mari apparaître dans un nuage lumineux, Piper se leva d'un bond pour se jeter dans ses bras. Aussitôt, des larmes commencèrent à lui couler sur les joues.

— Il était temps que tu rentres, pleura-t-elle.

— Tu sais, les archives des Anciens sont si vastes. Comment ça va, ici ?

— Ça va prendre un petit peu de temps pour te l'expliquer, lui dit-elle en le faisant asseoir. Tu as faim ?

Pendant qu'elle lui réchauffait son plat dans le micro-ondes, Paige se leva et, faisant les cent pas, fit à Léo un résumé de la situation.

— Tu avais raison, lui dit-elle enfin avant de se laisser retomber sur sa chaise. On a toutes les trois été exposées à quelque chose – ou à quelqu'un.

— Les deux en fait, intervint Piper. À ces démons K et à leurs objets gravés de motifs anciens. J'ignore si ça veut dire quelque chose mais une partie des dessins figurant sur le bracelet et sur la canne était rouge. D'autre part, lundi il n'y avait pas de rouge sur la flûte de Karen, mais il y en avait mercredi.

Cessant de grignoter son rouleau de printemps, Léo déclara :

— Cela pourrait représenter une indication de mesure : celle des pouvoirs que ces objets ont pu absorber. Jusqu'à quel point étaient-ils rouges ?

Piper réfléchit un instant puis répondit :

— À peu près aux trois quarts sur la canne et le bracelet, et un quart sur la flûte. Mais c'était avant qu'elle ne me refile cette déprime qui ne me quitte plus.

— Mais pourquoi nous défaire lentement de nos pouvoirs ? demanda Paige. Pourquoi ne pas les zapper d'un seul coup ?

— Parce que ça ferait de vous des mortelles et que les Puissances Supérieures pourraient alors réduire à néant toute magie utilisée contre vous.

— Attends, je ne comprends pas, reprit Paige. Les démons se servent en permanence de la magie contre les innocents.

— Oui, mais ils s'engagent à suivre des règles bien précises, expliqua Léo. Si tu les violes, tu es banni à jamais.

— On dirait que ton petit voyage là-haut n'a pas été inutile, commenta Piper.

— Pas complètement, en effet. Cela a pris du temps mais les Anciens ont découvert une obscure référence aux guerriers de l'ombre et aux champions de la vertu…

Paige releva brusquement la tête. Pendant que Léo poursuivait son explication, elle s'était manifestement endormie.

— … un duel entre les clans magiques de Sol'agath et de Dor'chacht. Un exemple classique du bien contre le mal.

— Du quoi contre le quoi ? interrogea Phoebe dont l'esprit était parti planer ailleurs.

— Les Dor'chacht et les Sol'agath formaient

des clans qui coexistaient sur terre… jusqu'à ce que les premiers décident de provoquer les seconds afin d'acquérir la suprématie magique dans le royaume des mortels, il y a trois mille ans de cela.

— Les guerriers de l'ombre, c'étaient donc les méchants ? dit Phoebe en tapotant sur son clavier.

— Oui. Et les Sol'agath étaient vos ancêtres.

— On remonte si loin que ça ? s'étonna Piper.

— Melinda Warren n'était donc pas le commencement ? sourit Phoebe, ravie de se souvenir d'une importante partie de leur histoire.

— Melinda a débuté le cycle des Charmed, précisa Léo.

— O.K., donc les deux clans se sont affrontés. Qu'est-ce qui s'est passé, ensuite ?

— Les Sol'agath ont gagné et leurs descendants ont vécu parmi les humains en se servant de leur magie pour faire le bien. S'ils avaient perdu, ils auraient pu choisir entre s'élever à un niveau supérieur d'existence bienveillante ou devenir mortels.

— Mais ce sont les Dor'chacht qui ont perdu, fit Paige en ouvrant un œil. Qu'est-ce qui leur est arrivé ?

— Puisqu'ils tenaient leurs pouvoirs des forces du mal, ils auraient dû renoncer à leur forme humaine et être bannis au plus profond du monde souterrain.

— Mais… ? hasarda Phoebe.

— Mais, si le présage du texte que Paige a trouvé dans le *Livre des Ombres* est correct, apparemment un des Dor'chacht a survécu... sous une forme humaine.

— Qu'est-ce que ça veut dire pour nous ? s'inquiéta Piper.

— Je ne sais pas, répondit Léo d'un air ennuyé. Aucun des membres du clan Dor'chacht ne devrait être ici !

— Et pourtant, il y en a, reprit-elle gravement. Le texte ne disait-il pas que les champions de la vertu devaient défendre la « lumière des âges » ou renoncer ?

— On se retrouverait donc dans la même situation ? dit Phoebe.

— Oui, comme si le combat n'avait jamais cessé, comme si les Dor'chacht n'avaient pas exactement perdu. Et, s'ils n'ont pas perdu, il est possible qu'ils n'aient pas été forcés de rejoindre le monde souterrain.

— Dans ce cas, où sont-ils allés ? demanda Piper en ravalant difficilement ses larmes. On ne va tout de même pas se battre contre le clan entier des Dor'chacht ?

— Non, ne t'en fais pas, la rassura Léo. Dans ce genre d'épreuves, les forces du bien et du mal doivent être en équilibre. Celui qui a jeté ce sort, alors, le sait parfaitement. Quoi qu'il se passe en ce moment, je suis certain que c'est à trois contre trois. Le reste des Dor'chacht doit être suspendu dans le temps et dans l'espace en attendant qu'il soit décidé de leur destin ultime.

— Les Puissances Supérieures n'auraient-elles pas dû s'apercevoir qu'ils leur avaient échappé ? demanda Paige.

— Pas nécessairement. Ils ne peuvent pas détecter toutes les « suspensions magiques » qui proviennent du monde d'en bas. Comme moi je ne perçois aucune d'entre vous quand je me trouve là-haut.

— On joue un peu aux devinettes, commenta Phoebe.

— Oui, dit Piper. Mais, moi, je connais quelqu'un qui détient les réponses.

— Karen, reprit Léo.

— Qui n'attend qu'une chose, c'est de zapper Piper avec sa flûte enchantée ! lâcha Paige en se levant pour débarrasser l'assiette de Léo. Tu as terminé ?

— Oui, c'était délicieux… Piper, tu ne peux pas risquer une confrontation avec elle. C'est trop dangereux.

— Je peux si vous acceptez tous de me soutenir, articula-t-elle d'une voix tremblante de détermination. Karen m'a volé un peu de mon pouvoir, mais pas tout !

— La moitié, précisa Léo. En admettant qu'un

contact représente un quart de motif rougi ; et tu as touché deux fois la flûte…

— Si mes notes sont complètes, déclara Phoebe, ces trois objets artisanaux constituent la seule magie qu'ils aient utilisée contre nous. Tant que Piper ne touche pas la flûte, elle devrait s'en tirer sans trop de dommages.

— Mais on ne peut pas compter sur mon pouvoir pour empêcher que ça arrive, objecta Paige. Si j'essaie de téléporter la flûte, elle risque de se transformer en sciure pure et simple. Rappelez-vous ce que j'ai fait de la télécommande…

— C'est vrai que ce ne serait pas une bonne idée, affirma Piper.

— Et pourquoi pas ? demanda Phoebe. Ça empêcherait peut-être Karen de te voler encore plus de pouvoir.

— Oui, mais n'oublie pas que la presque totalité de nos pouvoirs est à présent emprisonnée dans ces objets, lui rappela Paige.

— Et le fait de les détruire pourrait envoyer nos pouvoirs au fond du vide sidéral, continua Phoebe en soupirant.

Elle tapa cette information sur son ordinateur puis griffonna une note sur un bout de papier.

C'est alors que Piper bondit de sa chaise pour s'exclamer :

— Je veux retrouver mes pouvoirs, je veux des

réponses à mes questions et, pour ça, je ne connais qu'un endroit !

— Comment peux-tu être sûre que Karen te dira quelque chose ? lui opposa Léo.

— Elle a fait des pieds et des mains pour m'attirer au *P3* ce soir, n'oublie pas. Eh bien, elle ne va pas être déçue ! On y va en voiture ou on se téléporte là-bas ?

Phoebe fourra ses petites notes dans la poche de son jean, referma son ordinateur et le prit sous son bras.

— On aura plus vite fait de se téléporter.

— D'accord, dit Paige, mais, puisque Kevin a diminué mes pouvoirs, c'est Léo qui va devoir faire le travail.

Avant de quitter la cuisine, le petit groupe s'empressa de débarrasser la table et de vider les restes dans l'évier. Dès qu'il sentit l'odeur de nourriture atteindre le tuyau où il était tapi, Gilbert le gremlin se précipita hors de la bonde et se mit à aspirer avidement cette manne qui lui tombait du ciel.

7

Phoebe sursauta en sentant son corps se dissoudre dans un jaillissement de photons. L'espace d'une nano-seconde, sa conscience parut se mêler à l'immensité du cosmos avant de reprendre forme dans la ruelle qui longeait l'arrière du *P3*. Elle se retrouva agrippée au bras de Léo, à côté de Piper et de Paige. Les picotements qui hérissaient chaque centimètre de sa peau se dissipèrent en même temps que les étincelles autour d'eux.

— Waouh, ça va supervite ! s'exclama-t-elle, encore tout étourdie.

— Et ça fait peur quand on n'a pas l'habitude, ajouta Paige en étouffant un bâillement.

— Mais, au fait, qu'est-ce qu'on fait là ?

— Pas le temps de t'expliquer, Phoebe, répondit Piper.

Elle sortit des clés de son sac et ouvrit la porte de la réserve du club en ajoutant :

— Fais bien gaffe à ton ordinateur et à tes notes

dans ta poche. Et surtout, fais exactement ce qu'on te dira.

Léo regarda sa montre et remarqua :

— Dixie a dû annoncer la fermeture il y a cinq minutes.

Phoebe vit alors que Paige portait des bottes à talons hauts, une minijupe et un chemisier de soie à manches ultralongues. L'ensemble veste-pantalon de Piper était nettement plus classique, alors qu'elle-même était habillée d'un jean usé et d'un vieux T-shirt où apparaissait encore le logo du groupe *U2*.

Apparemment, se dit-elle, *ce n'est pas pour faire des rencontres qu'on déboule au* P3 *ce soir*.

Piper les introduisit dans l'arrière-salle du club, et Paige, qui semblait épuisée, alla aussitôt s'asseoir sur une des caisses entreposées contre le mur.

— On a un plan, au moins ? demanda-t-elle d'une voix endormie.

— On a une idée générale, lui dit Piper. Ça devrait faire l'affaire.

Phoebe faillit demander dans quelle nouvelle galère ils étaient venus se fourrer, mais Piper lui paraissait si contrariée qu'elle préféra se raviser. Elle posa son ordinateur sur une pile de cartons, le mit en route et ouvrit le dernier fichier qu'elle avait utilisé.

Pendant ce temps, Piper composa un numéro sur son portable.

— Dixie ? C'est Piper. Dis-moi exactement ce qui se passe au bar en ce moment.

Léo se tenait devant la porte donnant sur la salle tandis que Paige commençait à piquer un petit somme.

Il ne fallut guère de temps à Phoebe pour constater que sa mémoire récente avait, cette fois, complètement disparu. Heureusement, les instructions sur son écran lui rappelèrent qu'elle avait les poches bourrées de notes.

— Alors, voilà ce qu'on va faire, Dixie, murmura Piper au téléphone. Tu vas te débarrasser des derniers clients et de l'orchestre, mais surtout pas de Karen. Dis-lui que je serai là d'un instant à l'autre pour m'occuper d'elle. Puis ferme tout et rentre chez toi.

Phoebe plia ses notes en quatre et inscrivit sur la partie encore blanche : « Ne rien demander. Faire juste ce que diront Piper et Paige. Très important ! »

— Tu as déjà utilisé la recette de ce soir pour la payer, Dixie, poursuivit Piper. Il n'y a donc plus rien dans la caisse à voler. Contente-toi de m'appeler sur mon portable dès que tu seras dehors – dans deux minutes, environ.

— Tu crois que c'est bien de prévenir Karen de ton arrivée ? lui demanda Léo d'un air inquiet.

— Ce n'est pas terrible, mais il faut qu'on soit seuls avec elle. On ne peut pas prendre le risque de mêler un innocent à notre confrontation, d'autant plus que notre magie est déglinguée. Et puis, je doute que Karen s'attende à ce qu'on fasse tous irruption dans le bar.

— Moi, je suis prête pour… ce que vous voudrez, annonça Phoebe avec hésitation.

Il y eut un bruit sourd derrière eux et tous trois se retournèrent d'un bond pour voir Paige, roulée en boule sur le sol. Elle venait de tomber, ce qui n'avait nullement perturbé son sommeil !

— Réveille-la, Léo, s'il te plaît, lui dit Piper. Et empêche-la de se rendormir.

Saisissant son téléphone à pleine main, elle ajouta d'une voix nerveuse :

— Qu'est-ce que tu fais, Dixie ? Appelle-moi !

La sonnerie retentit à cet instant précis.

— Ah, Dixie… Parfait… Merci… On se verra demain.

— Alors, qu'est-ce qu'on fait ? articula Paige alors que Léo la secouait pour la maintenir éveillée.

— On va tenter un grand coup de bluff… en espérant que notre courage mental soit aussi efficace que l'étaient nos pouvoirs magiques, dit Piper en rangeant son téléphone dans sa poche.

— Le cerveau est souvent plus fort que les muscles, non ? Alors pourquoi pas notre magie ?

Phoebe n'arrivait pas à taper et à lire assez vite pour tout suivre mais elle s'en remettait à ce qu'elle venait d'inscrire au dos de ses notes : obéir à Piper et à Paige, quoi qu'il arrive. Laissant de côté son ordinateur, elle entra dans le bar à la suite de ses sœurs et de Léo. Une jeune femme blonde s'y trouvait seule, assise au bord de la scène qui se dressait au fond de la salle.

— Piper… dit-elle sur un ton mortellement calme. Qui sont tes amis ?

— C'est ma famille, en fait, répondit-elle en croisant les bras et en s'efforçant d'ignorer la larme solitaire qui lui coulait le long de la joue. Pas de politesses inutiles, s'il te plaît. Venons-en tout de suite au problème qui nous préoccupe, veux-tu ?

— Mais certainement, lâcha-t-elle en tendant la main vers une flûte de bois posée derrière elle.

— Laisse, lui dit Piper sur un ton sec malgré les larmes qui lui inondaient maintenant le visage. Je ne toucherai pas à ta flûte.

— Alors, vous avez deviné, fit-elle avec un haussement d'épaules. Mais vous ne pouvez plus rien faire, à présent. Vos pouvoirs sont sans effet.

— Pas complètement, intervint Paige en tendant le bras vers le bar. Bougie !

Phoebe frissonna tandis qu'une bougie sur le comptoir disparaissait dans un jet de lumière vacillante. Cependant, lorsqu'elle réapparut dans la main de Paige, ce n'était plus qu'un amalgame de cire et de verre fondus.

— C'était une menace ? ironisa Karen, imperturbable.

— Un petit rappel, rétorqua Paige. Nous ne sommes pas totalement impuissantes.

— Jolie tentative, mais je suis humaine à cent pour cent. Vous ne pouvez pas faire usage de votre magie sur moi sans en supporter de graves conséquences.

— Elle a raison, dit Léo. C'est pour ça que Karen, Kevin et Kate vous ont volé tous vos pouvoirs, rappelle-toi. S'ils ne peuvent défier aucun mortel, vous non plus.

— Mais ils ne seront plus mortels quand nous en aurons fini avec la querelle qui sépare nos deux clans. N'est-ce pas, Karen ?

Quelle querelle ? se demanda Phoebe avant de scanner rapidement ses notes. *Ah, une très ancienne bataille entre les Sol'agath et les Dor'chacht...* Mais, tandis qu'elle passait en revue le peu que connaissaient les trois sorcières sur le sujet, elle comprit que Piper bluffait devant Karen, sans doute dans l'espoir de lui arracher quelques informations cruciales.

— Je ne vois pas pourquoi je te répondrais, lâcha celle-ci.

Paige prit une chaise à côté de Piper et s'assit en face de Karen.

— Parce que tu n'es pas absolument certaine

que moi je suivrai la règle. Je ne suis pas sorcière depuis aussi longtemps que mes sœurs.

— Dans une autre vie, Paige était une enchanteresse extrêmement diabolique et méchante, précisa Piper. Elle n'a pas encore commencé à utiliser les pouvoirs que lui confère son existence *actuelle*.

— Tu bluffes.

Malgré sa mémoire vacillante, Phoebe savait qu'on ne pouvait avoir été un démon dans le passé et être une Charmed aujourd'hui. Piper jouait à pile ou face en espérant que Karen ignorait ce détail d'importance.

— Peut-être. Si tu préfères ne pas chercher à le savoir, je te conseille de parler.

Alors qu'elle s'asseyait à la table voisine, Phoebe remarqua une lueur de doute dans le regard de la chanteuse. Le stratagème de Piper avait l'air de marcher. Karen paraissait troublée.

Elle hésita, puis laissa tomber :

— D'accord, tu peux tenter de bouleverser notre destinée, cette fois, si tu veux. Je ne vois pas ce que cela changera.

— Cette fois ? s'étonna Phoebe.

— Nos ancêtres ont battu les Dor'chacht dans un combat il y a trois mille ans, lui expliqua Piper. Mais ils n'ont pas apprécié de perdre.

— Alors ils cherchent une revanche, souffla Paige.

Karen eut un imperceptible sursaut, apparemment surprise qu'une des sœurs de Piper en soit arrivée à une telle déduction. Mais elle se ressaisit très vite.

— Elle a raison. Shen'arch l'avait organisée avant même que les Sol'agath ne frappent le coup fatal.

— Shen'arch ? répéta Léo.

— Le chef sorcier du clan des Dor'chacht, répondit-elle non sans fierté. Le plus grand maître magicien que la terre ait connu.

— Il n'est pas si grand puisqu'il n'est pas là, objecta Paige d'un air méprisant.

— Il sera là, sourit Karen, quand nous aurons reconquis le destin que vos ancêtres Sol'agath nous ont volé. Alors, nous deviendrons les puissances magiques dominantes du monde des mortels.

— Leurs ancêtres ont gagné en toute loyauté, affirma sèchement Léo. Et ce ne sont pas les intrigues de Shen'arch qui changeront cet état de fait.

— La bureaucratie est une constante universelle, murmura Paige dans un demi-sommeil.

— Et comment s'y est pris votre Shen'arch ? interrogea Piper d'un air sceptique.

Phoebe sentait bien qu'elle essayait de la faire parler dans le but de lui arracher d'intéressantes révélations sur la magie des Dor'chacht. Pourtant, un instant plus tard, elle avait déjà oublié tout ce que disait Karen.

— Shen'arch a dissimulé les pouvoirs des meilleurs guerriers Dor'chacht dans des objets afin que les Puissances Supérieures ne les retrouvent pas, annonça-t-elle en saisissant sa flûte.

— Voilà pourquoi les Anciens ne savaient rien, reconnut Léo en blêmissant. Il n'y avait aucune signature magique à tracer.

— Aucune, et cela pendant trois mille ans, jubila Karen. Et, tant que la magie des Dor'chacht ne sera pas libérée – c'est-à-dire jusqu'au moment de la bataille –, les Puissances Supérieures ne pourront pas nous atteindre.

— C'est trop facile, marmonna Piper.

— Et… vous êtes un des guerriers ? hasarda Phoebe qui reprenait soudain le fil de la conversation.

— Je suis Sh'tara, celle qui a le pouvoir d'agir sur la volonté de n'importe quel humain, lâcha-t-elle avec un sourire narquois. Les âmes guerrières de Tov'reh, de Ce'kahn et de moi-même ont infiltré trois corps humains respectifs à l'instant de leur conception, il y a vingt-six ans de cela.

— Kevin, Kate et toi ! s'exclama Paige.

— Dans cet ordre, oui, admit-elle sur un ton satisfait.

— O.K., reprit Paige. Alors, ce Shen'arch a découvert une faille et les Dor'chacht ont obtenu une deuxième chance. Mais qu'est-ce qui vous rend si certains de gagner ?

— La tricherie, répondit Piper.

— Absurde, reprit Karen en partant d'un long rire de gorge. Tout est bon en matière de guerre.

— En rendant votre magie inefficace au lieu d'absorber tous vos pouvoirs, précisa Léo en s'adressant à Piper. Les Dor'chacht peuvent vous provoquer au combat, toutes les trois, selon les anciennes règles sans aucune crainte de représailles. Mais le Pouvoir des Trois étant presque réduit à néant, une victoire des Dor'chacht devient quasi certaine, à présent.

— Léo ! glapit Piper en le fusillant du regard.

Comment osait-il douter de la capacité des Charmed à surmonter d'impossibles défis ?

— Bon, j'ai dit tout ce que j'avais à dire, lâcha soudain Karen. Jusqu'à demain…

Elle replaça la flûte dans son étui et en rabattit le couvercle avec un claquement sec.

— Demain ? répéta Piper sans comprendre. Qu'est-ce qu'il y a, demain ?

— Tu le sauras à minuit.

Rejetant sa souple chevelure en arrière, elle se leva, traversa la salle, monta l'escalier d'un pas tranquille, ouvrit la porte et la laissa se refermer doucement derrière elle.

C'est à cet instant que Phoebe se rendit compte qu'elle avait oublié de respirer. Elle laissa alors échapper un profond soupir où se mêlaient incompréhension et soulagement.

— Tu dis que leur victoire est certaine ? demanda Piper en prenant Léo par le bras. Qu'est-ce que c'est que cette histoire ?

— Oui, j'aimerais bien le savoir, aussi, enchaîna Paige qui luttait pour garder les yeux ouverts. Quelqu'un peut m'expliquer ?

— Je peux me servir un coca au bar, en attendant ? interrogea Phoebe.

— Vas-y, lui répondit Piper avant de croiser les bras devant Léo. Alors, monsieur, j'attends une explication.

— L'arrogance est peut-être le pire ennemi des Dor'chacht, dit-il lentement. Parce qu'ils sont persuadés de posséder un avantage insurmontable.

— Le pire, c'est que c'est vrai ! s'écria-t-elle dans un torrent de larmes. Nos pouvoirs sont pratiquement anéantis !

— Attention, eux aussi sont dépossédés de leurs pouvoirs, lui rappela Paige. En ce moment, tout au moins.

— Mais on ne peut pas utiliser le peu de magie qui nous reste car ils sont humains et que nous ne le sommes pas ! lui objecta-t-elle sur un ton désespéré.

— Un sorcier aussi puissant et fourbe que Shen'arch ne laissera rien au hasard, affirma Léo.

Il est plus prudent de penser que les Dor'chacht pourront récupérer leurs pouvoirs sans pour autant vous rendre les vôtres, lorsque le combat commencera.

— Demain à minuit… soupira Piper.

— Et si on ne se montre pas ? suggéra Paige. Il faut deux parties pour se lancer dans une guerre, non ?

— Sauf que votre seul choix sera de vous battre ou de mourir, précisa Léo. Dans les temps anciens, toutes les querelles familiales se passaient dans la Vallée des Âges. Puisque la bataille de demain n'est que la continuation du conflit originel, elle aura lieu ici également.

— Et alors ? demanda Phoebe en train de siroter son coca au bar. Comme dit Paige, personne ne peut se battre contre quelqu'un qui n'est pas là !

— C'est pour ça que demain à minuit vous serez automatiquement transportées vers la Vallée des Âges pour confronter les trois élus du clan des Dor'chacht.

— Léo, je sais que je ne vais pas aimer la réponse que tu vas me faire, dit alors Piper, mais il faut absolument que je te pose cette question : qu'est-ce qui se passera si on perd ?

Les trois sorcières fixèrent d'un air grave l'Être de Lumière. Qui lâcha platement :

— Vous, et tous ceux qui ont du sang Sol'agath

dans les veines, perdrez vos pouvoirs... à tout jamais !

— Et... ? hasarda Paige d'une voix ensommeillée.

Secouée de sanglots, Piper se prit le visage entre les mains.

Quant à Phoebe – était-ce le soda qu'elle buvait ou la crainte d'entendre d'insoutenables paroles ? – elle sentit un frisson glacé lui parcourir l'échine.

— Et, puisqu'il n'y aura plus de magie bienveillante ni de Charmed pour protéger les innocents, répliqua-t-il d'une voix lente, l'humanité finira par succomber sous la puissance du mal et montrera le côté le plus sombre de sa nature.

8

Saisissant le téléphone, Kevin se redressa sur son lit et regarda sa montre. Presque trois heures du matin ! C'était Karen qui venait de quitter le *P3* et qui appelait pour lui raconter sa confrontation avec les Charmed.

— Je n'ai pas pu épuiser le reste du pouvoir de Piper, lui annonça-t-elle.

— C'est dommage, mais ce n'est pas une catastrophe, lui assura-t-il.

L'époque était depuis longtemps révolue où quelqu'un pouvait stopper le processus mystique que Shen'arch avait déclenché des millénaires plus tôt.

— Il ne serait cependant pas inutile de se rencontrer demain pour mettre une stratégie sur pied, ajouta-t-il en se passant une main dans les cheveux.

— Tout ce que tu voudras du moment qu'on réussit ! Tu n'imagines pas à quel point j'ai hâte de dominer l'esprit de ces Sol'agath.

— Si, Sh'tara, j'imagine cela parfaitement, sourit-il.

Lui aussi attendait avec une impatience mal contenue de retrouver son pouvoir perdu pour changer à son gré l'aspect physique des êtres ou des choses.

— À demain, dit-il à la jeune femme.

— À demain, Tov'reh. C'est notre destinée qui se joue.

Mais, en raccrochant, Kevin se sentit soudain bien trop agité pour rester enfermé.

Privé de ses pouvoirs magiques, il avait été condamné à vivre comme un humain ordinaire parmi les humains ordinaires, et il avait détesté chaque minute de ces vingt-six ans passés auprès d'eux. Aujourd'hui, grâce à l'habileté et à la ruse de Shen'arch, le plus puissant des sorciers Dor'chacht, il touchait au but tant convoité : reprendre ce que les Sol'agath lui avaient volé.

Après avoir passé un jogging, Kevin sortit dans le jardin du rez-de-chaussée qu'il habitait et huma l'air de la nuit. *Les Sol'agath si raffinés n'auraient jamais dû battre les sauvages que sont les Dor'chacht*, se dit-il en traversant la rue pour pénétrer dans le parc voisin. Une étroite allée d'arbres entourait une vaste pelouse bien entretenue. Quoique tout à fait artificiel, ce petit coin de nature l'aidait à retrouver ses sensations de sorcier guerrier et à se remettre les idées en place.

Se mouvant avec l'agilité d'un fauve, Kevin demeura à l'abri des arbres qui bordaient le chemin. Prudent, il écoutait rarement son instinct de chasseur qui le poussait parfois à se jeter sur un de ces joggeurs qui couraient le soir ou tôt le matin en espérant oublier le stress que leur infligeait leur brillante carrière. Jamais ils ne le voyaient ni ne l'entendaient. C'était un jeu qu'il jouait depuis l'enfance, une façon de prouver sa supériorité sur ces humains qu'il exécrait. Être devenu l'un d'eux lui faisait d'autant plus horreur qu'il était prisonnier de ce corps méprisable, et incapable de changer ni sa forme ni la leur.

Mais plus pour longtemps, songea Kevin en courant à travers bois. Il était seul dans l'obscurité des heures qui précédaient l'aube, mais il aimait cette solitude. Demain, il lui suffirait d'un seul mot pour donner la mort.

Assis sur un banc, Kevin ferma les yeux et laissa son esprit vagabonder vers les dernières et fatales minutes de son ancienne vie. Sa véritable vie.

*
* *

Terriblement affaibli par le combat que lui et les siens venaient de perdre, Tov'reh s'éleva au-dessus du champ de bataille, son bec et ses serres de faucon dégoulinant du sang des Sol'agath.

C'est alors que Shen'arch le retira du ciel pour le faire venir auprès de lui.

À peine le rapace eut-il touché le sol qu'il reprit sa forme originelle de guerrier de l'ombre.

— À toute loi surnaturelle il y a une exception, lui annonça le maître sorcier. Les Dor'chacht ont *une* chance de renverser le destin, pour sauver plus tard ce qui sera perdu aujourd'hui. Nous ne pouvons empêcher les Sol'agath de réclamer le prix de leur victoire mais leur règne ne doit pas durer éternellement.

— Expliquez-moi.

— Je vais te rendre tes pouvoirs, Tov'reh, mais je vais en même temps te plonger dans un sommeil aussi profond qu'immense. Avant cela, nous devons dissimuler ta magie, afin que les Puissances Supérieures ne puissent la dérober aujourd'hui ni la détecter à l'avenir.

Shen'arch lui ordonna alors de s'agenouiller auprès de sa crosse à l'extrémité argentée et d'y poser la main. Puis, à sa commande, Tov'reh utilisa les maigres pouvoirs qui lui restaient pour transformer le long bâton de bois en une canne plus courte munie d'une poignée d'argent et ornée des motifs entrelacés symbolisant l'infini et la magie éternelle.

— Tu vas dormir maintenant, lui dit le sorcier, pour ne te réveiller que dans trois milliers d'années. Ce que tu dois savoir, tu le sauras au moment ultime et propice. Dors, à présent, guerrier de l'ombre, meurs pour revivre dans un autre temps. De toi et de tes sœurs dépend le destin de tous…

Il en fut de même pour Sh'tara, celle qui agissait sur la volonté des humains, et Ce'kahn, celle qui commandait aux éléments. Comme lui, ses compagnes d'armes furent plongées dans un sommeil millénaire après avoir dissimulé leurs magies respectives dans une flûte de bois et un bracelet d'or.

Enfin, trois mille ans plus tard, les trois guerriers de l'ombre s'étaient réveillés pour se retrouver dans la peau de ces humains détestables.

*
* *

Kevin s'extirpa lentement de sa transe, se passa une main dans les cheveux et inspira longuement, encore émerveillé par la sagesse et la puissance du vieux sorcier Shen'arch.

Tout s'était passé comme il l'avait prédit. Leur esprit, leur mémoire et leur personnalité avaient quitté l'ancien champ de bataille pour renaître dans de nouveaux corps, trois mille ans plus tard. Des corps de mortels desquels ils étaient prisonniers depuis vingt-six ans !

Nés de mère et de père inconnus et adoptés par différentes familles, Kevin, Karen et Kate avaient appris à vivre comme tous les enfants et les adolescents, avec les mêmes devoirs et les mêmes besoins. Puis, poussés par des impératifs identiques, ils étaient tous les trois arrivés dans le même village français, le même jour, deux ans plus tôt. Là, ils s'étaient aussitôt reconnus et n'avaient eu aucun problème pour trouver la grotte où Shen'arch avait dissimulé la flûte, le bracelet et la canne.

Cependant, pour empêcher les Puissances Supérieures de découvrir leur identité de Dor'chacht et de leur reprendre leurs pouvoirs, il leur était impossible d'utiliser leur magie cachée avant que la bataille de la vengeance ne commence.

Mais nous n'avons pas passé tout ce temps d'attente à ne rien faire, songea Kevin en se levant pour s'étirer longuement. Conscient des difficultés qu'ils allaient rencontrer, le vieux maître sorcier ne s'était pas contenté de préserver leurs pouvoirs magiques. Les configurations cosmiques qui rendaient possible ce deuxième combat ne devaient se présenter qu'une fois, au désavantage des descendantes des Sol'agath, cette immense concentration de magie bienveillante appelée le Pouvoir des Trois.

Et, pour contrecarrer cette puissance, le vieil homme avait orienté les forces magiques en faveur des champions du clan Dor'chacht. Non seulement Tov'reh, Ce'kahn et Sh'tara seraient en pleine possession de leurs pouvoirs lorsque commencerait le combat, mais les Sol'agath auraient à ce moment-là perdu les leurs !

Kevin ne put réprimer un sourire.

Même si Piper gardait encore la moitié de ses capacités, les Charmed resteraient impuissantes devant la magie des Dor'chacht. Les sorcières perdraient la bataille, les derniers vestiges de leurs pouvoirs et, enfin, leur vie.

Et les Dor'chacht retrouveraient leur place dans la hiérarchie universelle du mal. La place des maîtres omnipotents et redoutés du monde des mortels.

9

— Quel jour est-on ? demanda Paige à l'entrée de la salle de bains.

— Vendredi, lui répondit Piper en la poussant doucement vers la douche.

— Et… quelle heure ? ajouta-t-elle avec un bâillement à s'en décrocher la mâchoire.

— L'heure de se réveiller et de m'aider à vaincre les Dor'chacht avec le peu de pouvoir et les deux sœurs quasi incapables qui me restent !

Elle avait passé la matinée à aider Phoebe à déchiffrer ses notes et à les recopier sur un petit carnet. Ce qui avait pris du temps à cause de la mémoire déglinguée de la jeune femme, qui avait même fini par oublier le lien de confiance qui les unissait à leur nouvelle demi-sœur, Paige.

Et Piper craignait que tout cela, combiné avec leur magie défaillante, n'affecte durement le Pouvoir des Trois.

— Incapables ? répéta Paige en ouvrant un œil.

C'est un peu tôt pour nous insulter, tu ne trouves pas ?

— J'essaie juste de te motiver un peu.

— D'accord, j'ai compris, dit-elle en se dégageant. Je suis aussi capable que n'importe qui de prendre ma douche toute seule.

— Parfait, je te laisse, fit Piper.

Elle recula d'un pas puis déclara :

— Le déjeuner sera prêt quand tu auras terminé. Après, il nous faudra mettre au point notre stratégie pour notre combat de ce soir.

— Qu'on a très peu de chances de gagner, marmonna Paige avant de se glisser derrière le rideau de plastique.

— On n'en a pratiquement aucune, renchérit Piper en ravalant un sanglot.

— Mais ce n'est pas sans espoir non plus, ajouta Paige comme si elle lisait dans l'esprit de sa sœur. Je n'ai peut-être que le quart de mes capacités de téléportation mais, quand on voit ce que je fais d'une télécommande ou d'une bougie…

L'idée de voir Karen Ashley voler en éclats était très tentante ; mais en serait-elle capable ?

— Sauf qu'on ne sait pas quels pouvoirs ces démons K ont enfermé dans les objets fétiches qui les accompagnent, remarqua Piper.

— D'après ce qu'elle nous a avoué au *P3*, on sait déjà que le nom de Karen était Sh'tara et qu'elle avait la capacité d'agir directement sur la volonté d'un humain. Et, quand Léo reviendra, on en saura peut-être plus sur l'étendue de son pouvoir.

Et de celui de Kevin et de Kate… songea Piper.

— C'est peut-être encore pire que ce qu'on sait déjà… continua Paige derrière son rideau de douche.

Ne voulant pas l'inquiéter davantage, Piper demeura silencieuse. La confiance en elles-mêmes était l'un des rares éléments positifs qui leur restait encore. À moins que Léo et les Anciens ne découvrent une faille, il y avait toutes les chances pour que la bataille entre les Dor'chacht et les Sol'agath se termine selon ce qu'avait prédit Sen'arch. Comme l'Être de Lumière l'avait laissé entendre la veille, le vieux sorcier n'avait rien laissé au hasard : les descendantes des Sol'agath allaient subir une cruelle défaite.

— Et est-ce que notre perte de magie fait de nous des innocentes, dans cette triste épopée ? demanda Paige en sortant la tête de derrière le rideau.

— Aucune idée.

Pour autant qu'elle le sache, personne d'autre ne prenait part à cette querelle familiale. Bien sûr, si les Dor'chacht gagnaient, l'entière race humaine ferait office d'innocents.

Piper sortit de la salle de bains, ferma la porte

derrière elle et sortit de la chambre, plus découragée que jamais. Comment gérer à la fois le problème de ses sœurs et la catastrophe qui s'annonçait ? Garder Paige éveillée se révélait aussi pénible que d'entretenir un dialogue cohérent avec Phoebe.

Alors qu'elle s'apprêtait à descendre l'escalier, le cri aigu de Paige traversa le manoir de part en part. Faisant volte-face, Piper se précipita dans la salle de bains et ouvrit la porte à toute volée.

— Qu'est-ce qui se passe ? s'écria-t-elle en devinant aussitôt la réponse.

Enroulée dans le rideau de douche, les cheveux dégoulinant de shampooing, réfugiée à l'autre extrémité de la baignoire, Paige était agitée de violents soubresauts.

Gilbert venait de surgir devant elle.

La vue de cette bestiole verdâtre et écailleuse qui s'ébattait avec un plaisir manifeste sous le jet d'eau était si grotesque que Piper ne put réprimer un éclat de rire.

— Ce n'est pas drôle ! s'indigna Paige avant de sauter à l'extérieur.

— Si, un peu, avoua sa sœur.

Mais, se sentant soudain observé, le gremlin lâcha un glapissement de panique et se rua dans la bonde d'évacuation. Ses puissantes pattes arrière restèrent coincées un instant, puis il disparut complètement au fond du tuyau.

— D'où lui vient ce courage soudain ? s'étonna Piper, secouée par une irrépressible crise de rire.

— Je n'en sais rien, répondit Paige en fourrant le coin d'une serviette dans l'ouverture avant de grimper de nouveau dans la baignoire pour se rincer les cheveux.

» Je ne comprends pas… ajouta-t-elle. Il dispose d'un évier bourré d'appétissantes ordures et ne représentant apparemment aucun piège pour lui. Qu'est-ce qui lui prend ?

— Aucune idée, répondit Piper. Mais ce n'est pas lui qui devrait nous préoccuper pour l'instant.

— Facile à dire ! lâcha-t-elle avec une grimace de dégoût. Ce n'est pas sur tes pieds qu'il a bondi.

— En tout cas, il aura réussi à te réveiller pour de bon, répliqua Piper en pouffant de rire.

Kate fit irruption dans l'appartement de Kevin et demanda :

— Qu'est-ce qu'il y a de si urgent qui ne puisse attendre le début de la bataille ?

— Qu'est-ce qui est plus important que de mettre au point une stratégie de combat pour s'assurer de gagner la guerre ? répondit-il.

Assise sur le divan, sa flûte sur les genoux, Karen avait l'air passablement agacée.

— Rechercher une maison, avoua Kate. J'ai fait toute la ville pour trouver une demeure digne de mes ambitions et… il y en a de si belles.

— Tu pourras t'offrir tout ce que tu voudras quand on aura battu les Sol'agath ce soir, lui dit Karen. Alors, maintenant, concentrons-nous sur le sujet qui nous préoccupe, si tu veux bien.

— D'accord... souffla-t-elle alors que ses lèvres pourpres dessinaient un sourire cruel.

À l'approche de minuit, Kate-Ce'kahn sentait ses origines barbares remonter inexorablement en elle, et elle goûtait d'avance le massacre qui se préparait.

— Leur défaite risque d'être moins aisée que nous ne le pensions, cependant, annonça Kevin en arpentant le petit salon. Karen n'a pas réussi à toucher Piper avec sa flûte, hier soir.

— Comment ça ? s'indigna Kate.

— Que voulais-tu que je fasse ? riposta Karen. Reconquérir mon pouvoir de faire plier les esprits juste pour m'assurer que Piper ne nous ralentisse pas pendant quelques stupides secondes ?

— Et donner aux Puissances Supérieures la possibilité de nous envoyer directement en enfer sans nous battre ? ajouta Kate en secouant la tête. Pas question !

— Mais tu sais très bien, Ce'kahn, qu'elles n'ont aucune chance de gagner.

— Comment peux-tu en être aussi sûre ?

— Parce que, même munies de leurs pleins pouvoirs, ces sorcières ne seront pas de taille à lutter contre les magies anciennes, lui répondit Karen.

Elles sont pathétiques, chétives, et ne sont que le produit d'une culture qui ne respecte plus la puissance et la ruse d'un guerrier digne de ce nom !

— Ce serait cependant une erreur de les sous-estimer, reprit Kevin. Karen, as-tu oublié que, si nous sommes ici, c'est parce que les Sol'agath sont sortis vainqueurs de la bataille qui nous a opposés ?

— Non, bien sûr, répondit-elle en se levant pour se diriger vers la fenêtre.

Kate contempla sa silhouette qui se découpait sur le panorama de la grande ville devant elles. Elle vit alors se tendre les muscles de celle qui commandait aux esprits. Sh'tara avait toujours su dissimuler ses émotions sous un voile de calme et, dans cette nouvelle existence, Karen savait aussi garder ses colères pour elle. Mais, bientôt, son habileté à forcer la volonté des êtres déferlerait sur le monde, à l'image des tempêtes primales de Kate, une furie magique qui asservissait l'âme de tous ceux qu'elle touchait.

Lorsque Karen, lentement, se retourna, son expression n'affichait plus la sérénité d'une musicienne mais la férocité d'une sorcière Dor'chacht. Ses yeux saphir reflétaient le feu qui faisait bouillonner le sang ancien courant dans les veines de Kate. Lorsque, à minuit, les trois guerriers récupéreraient leur âme de Dor'chacht, tout le vernis superficiel de la vie moderne, devenu une carapace inutile, se craquellerait autour d'eux et laisserait apparaître leur véritable nature.

Le regard de Karen se posa sur Kevin quand elle déclara :

— Si les Sol'agath avaient *vraiment* gagné, on ne s'apprêterait pas aujourd'hui à les retrouver dans la Vallée des Âges pour mettre un terme à ce conflit, n'est-ce pas ?

— Non, répondit-il, impassible.

Si Shen'arch avait placé Tov'reh aux commandes de leur trio, c'était parce qu'il savait que son esprit affûté ne laisserait passer aucun détail dont dépendait si souvent la victoire.

— Mais rien ne nous obligeait à attendre trois mille ans pour venger notre clan, car les Sol'agath sont faibles et impuissants. Shen'arch a usé de ruse pour parvenir à défaire ce qui avait déjà été décidé.

— Rien n'avait été décidé ! s'exclama Karen. C'est lorsque Shen'arch nous a écartés du champ de bataille que l'issue est devenue fatale !

Kate devait reconnaître que les paroles de Karen ne sonnaient pas si faux. Qui savait avec une absolue certitude comment se serait terminé le combat s'ils étaient demeurés sur place avec leur magie intacte ?

Fermant les yeux, elle lâcha un long soupir. Autour d'eux, l'air était chargé des forces élémentaires que, bientôt, elle saurait dominer et modeler en un mortel et noir tourbillon de vent ou en un mur d'eaux furieuses.

— Prétendrais-tu que Shen'arch a agi prématurément ? demanda Kevin à Karen. Avant que le destin ne soit scellé ?

— Je dis seulement que c'est possible, lui concéda-t-elle. Nous ne devons pas douter de nous ni de nos forces. Pas un seul instant !

— Je suis une Dor'chacht ! clama soudain Kate en bondissant debout, les poings levés.

Déjà, elle sentait venir la tempête qu'elle n'avait pas encore le pouvoir d'appeler.

Kevin aussi paraissait éprouver la force magique qui leur était encore refusée. Repliant fébrilement les doigts, il anticipait le moment où il pourrait transformer un tronc d'arbre en dragon, ou une pierre en feu liquide.

— Nous retrouverons tous nos pouvoirs pendant que les sorcières Sol'agath auront pratiquement perdu tous les leurs, lâcha Karen avec un rire cruel. Cette fois, les guerriers de l'ombre vaincront !

***

— Mauvaises nouvelles ? demanda Phoebe debout devant le *Livre des Ombres* alors que Léo apparaissait au grenier dans un nuage de lumière scintillante.

— Pas terrible, répondit-il en passant un bras

autour des épaules de Piper. Shen'arch a tout fait pour que rien ne puisse interférer avec la bataille de ce soir, pas même les Puissances Supérieures.

— Qu'est-ce que ça veut dire, exactement ? interrogea Paige. Ils ne peuvent rien faire pour arrêter cette bataille ou pour nous aider à la gagner ?

— Ils ne peuvent rien faire, c'est tout. À minuit, vous serez transportées vers la Vallée des Âges pour mettre un terme à la querelle avec les Dor'chacht, et rien sur cette terre ni dans l'univers entier ne pourra stopper ça.

— Point à la ligne ? articula Phoebe.

— Point d'exclamation, même, rétorqua-t-il en poussant doucement sa femme à s'asseoir sur les coussins disposés par terre. Je n'aime pas avoir à dire ça, Piper, mais tu aurais peut-être dû laisser Karen te zapper une bonne fois, hier soir.

— Comment peux-tu dire une chose pareille, Léo ?! s'écria Piper, ulcérée.

Saisissant un des Kleenex qu'on avait laissés pour elle un peu partout dans la maison, elle ajouta :

— Il me reste encore la moitié de mes pouvoirs, je te ferais remarquer.

Elle se moucha, jeta le mouchoir dans une corbeille et, par pur réflexe, essaya de le figer. Comme elle s'y attendait, le papier humide flotta en l'air durant quelques secondes puis atterrit sur le sol.

Pour tenter sa chance, Paige chercha alors à téléporter le Kleenex jusque dans la corbeille. Elle y parvint mais ne put empêcher en même temps qu'il se transforme en une centaine de confettis.

— Où ont disparu vos pouvoirs, encore ? demanda alors Phoebe.

— Les miens sont dans la flûte de Karen, dit Piper.

— Et les miens, dans la canne de Kevin, lâcha Paige alors que Phoebe se mettait à taper fiévreusement sur son clavier.

— Et les pouvoirs des trois K ? Léo, tu as une idée ?

— Comme on le supposait, Karen peut imposer sa volonté à tout esprit mortel, Kevin a le pouvoir d'altérer les propriétés physiques des gens et des choses, et Kate a la faculté de contrôler les tempêtes.

— On est fichues, se lamenta Piper.

— Fichues ? répéta Léo. Pas du tout. La bataille aura bien lieu mais l'issue n'en est pas décidée pour autant. C'est pour ça que Shen'arch a décidé de cette revanche : offrir aux Dor'chacht une chance d'inverser leur destin.

— Leur destin et le nôtre, précisa Paige. On ne va pas se laisser anéantir sans au moins se battre.

— Les chances ne sont pas exactement en notre faveur, si tu veux savoir, lui rétorqua Piper.

— Ne vous sous-estimez pas, les encouragea Léo. Vous êtes les Charmed. Vous êtes capables d'accomplir tout ce que vous avez décidé d'accomplir… même si vous ne partez pas favorites dans ce combat.

— C'est vrai qu'il me reste un quart de ma capacité à téléporter les objets, leur rappela Paige. Ce n'est pas aussi explosif que je l'aurais voulu mais le résultat est le même.

— Pour moi aussi, enchaîna Piper. Figer les choses à demi, c'est mieux que ne pas les figer du tout.

— Surtout si Kevin, Karen et Kate ne s'y attendent pas, ajouta Léo. Je me demande même s'ils ne se croient pas tout simplement invulnérables.

— Je suis douée pour écrire les sortilèges, non ? intervint soudain Phoebe en sortant son carnet de sa poche. Et j'ai une idée.

La voyant si désireuse d'offrir sa contribution, Paige n'eut pas le cœur de lui répéter qu'aucun sortilège ne saurait vaincre des guerriers Dor'chacht. Elle se contenta simplement de lui dire :

— Tu as raison, Phoebe, il faut tout essayer. Après tout, nous sommes les Charmed, et nous sommes toujours prêtes à nous battre quand on nous attaque.

10

Phoebe attrapa une autre poignée de pop-corn dans le bol, sur la table basse. Sur l'écran de son ordinateur, apparaissait une référence mentionnant un transport automatique vers un lieu nommé la Vallée des Âges. Dessous, elle avait tapé cette question : *Similaire au portail Halloween permettant de retourner en 1670 ?*

— On est prêts ? demanda Paige.

— Pour autant que je sache, oui, répondit Piper. Elle referma le livre poussiéreux dont Léo avait dégoté plusieurs volumes quelque part en Europe, et le lui tendit avant d'ajouter :

— Dommage, ça ne nous aura pas servi à grand-chose.

— Non, soupira Paige. Apparemment, une fois que les âmes des démons K ont été envoyées dans le futur par Shen'arch, elles se sont retrouvées totalement hors de portée du radar magique. Franchement, quelle est la raison qui nous pousse à livrer un combat sans rien connaître d'autre que le nom et les pouvoirs de nos adversaires ?

— Et, ce que l'on ne sait pas, ça peut nous faire du mal ? hasarda Phoebe.

— J'espère que non, répondit Piper d'un air las. Je ne sais vraiment plus quoi chercher, en fait.

— Et il va bientôt falloir que je rende ces livres, déclara Léo. C'est presque l'aube dans cette partie du monde.

Phoebe regarda l'amoncellement d'anciens rouleaux, de livres et de manuscrits que l'Être de Lumière avait « empruntés » à des musées et à des universités tout autour du globe.

— Et il est presque minuit, ici, annonça Paige. J'espère que Stanley est bien rentré au refuge.

— Stanley, qui est-ce ? interrogea Phoebe avant d'avaler le reste des pop-corn avec une gorgée de soda.

— Un gentil vieillard sur qui je veille quand je suis là-bas, lui dit Paige avec un sourire triste. Si j'ai bien bossé, il obtiendra une place permanente au foyer d'Hawthorn Hill et ne dépendra plus du refuge.

— Tu n'as pas eu d'écho sur ta demande d'inscription pour lui ? lui demanda Léo.

— Non, mais ça ne fait que quelques jours, seulement, répliqua-t-elle en lui tendant un rouleau.

— Il n'y avait rien, dedans ? hasarda Piper avec

une vague lueur d'espoir dans ses yeux humides de larmes.

— Non, lâcha-t-elle en bâillant. La seule référence que j'ai trouvée sur les querelles entre clans anciens parle d'*inversion*, mais c'est tout.

— On sait déjà que les Dor'chacht voudraient inverser l'ordre des choses à propos de ce qui s'est passé il y a trois mille ans, remarqua Piper. Ce que nous ne savons pas, c'est comment les empêcher de faire ça.

Obéissant à un pur instinct, Phoebe sortit son petit carnet de sa poche et le feuilleta d'une main fébrile.

— Dans ce cas, il faut espérer être saisies d'une inspiration subite parce que c'est presque l'heure, reprit Paige.

— Allez, se dit alors Piper en se frappant le front, il faut que je trouve quelque chose !

— Oui, fais marcher tes rouages, l'encouragea Paige.

— J'essaie, j'essaie... Tiens, par exemple : ce qui est entré dans un objet magique Dor'chacht doit pouvoir en ressortir, non ?

— J'ai ici un sortilège capable d'inverser la magie d'une flûte, dit soudain Phoebe en brandissant son carnet. On peut l'utiliser ?

Comme Piper s'apprêtait à répondre, les murs du salon se convulsèrent et commencèrent à s'effacer.

Glissant son carnet dans sa poche, Phoebe

bondit vers sa sœur mais trop tard : elle la vit se faire littéralement absorber par un invisible vortex.

— Léo ! résonna en écho la voix de Piper comme si elle chutait au fond d'un puits vertigineux.

— Oh, oh… articula Paige en se sentant à son tour attirée par une force irrésistible.

— Paige ! Piper ! hurla Phoebe tandis qu'elle aussi se faisait entraîner au creux d'un nuage sombre et tourbillonnant.

Fermant les yeux, prise de nausée, elle tenta de ne pas céder à la panique alors qu'elle glissait le long d'un tunnel sans fin où s'agitaient des ombres mouvantes chargées d'électricité. Par bonheur, une ancienne mémoire restée intacte émergea en elle et l'aida à se ressaisir.

Elle était une Charmed, l'une des trois sorcières les plus puissantes du monde. Elle avait affronté des éléments bien pires que les forces terrifiantes qui l'emprisonnaient en ce moment.

Mais cette pensée s'arracha de son cerveau au moment où le vortex la recrachait brutalement au beau milieu d'une vaste plaine grise jonchée de monticules de pierre et d'arbres squelettiques. La pleine lune diffusait une lueur blafarde sur ce paysage macabre tandis que, par endroits, des scintillements rouge vif déchiraient le ciel violacé.

Phoebe parvint à se mettre debout et tapota son jean, se demandant si elle ne venait pas d'atterrir en enfer.

*
* *

Paige ouvrit les yeux pour se retrouver à quatre pattes sur le sol. Des cailloux pointus s'enfonçaient dans ses paumes et elle flottait dans un vertige nébuleux. Totalement désorientée, elle rampa derrière un rocher et tenta de retrouver ses esprits. Il fallut un moment à ses yeux pour s'habituer à la lueur crépusculaire dans laquelle baignait le terrain désolé où elle avait échoué.

À une dizaine de mètres d'elle, Phoebe se redressa. Et, non loin derrière elle, Piper se releva elle aussi en vacillant, une main plaquée sur son bras endolori.

La Vallée des Âges… songea Paige en jetant un rapide coup d'œil autour d'elle. *Le nom est bien approprié, pour cet ancien champ de bataille.* Inhospitalier et sans vie, le paysage qui entourait les trois sorcières Halliwell reflétait à la perfection leur état d'âme.

Secouant ses idées noires, Paige se mit debout et rejoignit ses sœurs. Ensemble, elles affronteraient les horreurs que les démons K leur préparaient.

Pourtant, se dit Paige lorsqu'elle vit émerger les champions Dor'chacht d'un portail d'éther noir, *je ne m'attendais pas exactement à de telles horreurs.*

— Ces espèces de mutants en haillons, qu'est-ce que c'est ? demanda Piper en se rapprochant de Phoebe.

— Celui qui a l'air d'être leur chef ou les trois lascars, derrière ? interrogea-t-elle.

— Stanley ! s'écria alors Paige, les yeux rivés sur le vieil homme qu'ils poussaient devant eux.

L'air parfaitement ahuri et terrifié à la fois, démuni de ses chaussures, les pans de sa chemise flottant sur son pantalon en accordéon, il semblait avoir été tiré de son sommeil par les guerriers de l'ombre. Comme il tenta un instant d'échapper aux êtres qui l'escortaient, il fut vite rappelé à l'ordre.

La seule ressemblance que ses trois gardiens avaient encore avec Kevin, Karen et Kate était l'intense couleur bleue de leurs yeux et la blondeur de leurs cheveux. En passant du San Francisco du XXIe siècle à ce champ de bataille millénaire, ils avaient repris leur forme originelle. Les jeans superchic, les tenues branchées et les chaussures de luxe avaient laissé place à des lambeaux de fourrure, des tuniques épaisses à l'odeur de sang et de sueur, des armes de métal et des bottes de peau.

Paige ne tarda pas à comprendre la raison de la présence de Stanley dans cet endroit désolé.

— Ils ont fait venir un innocent pour détourner notre attention parce qu'ils savent qu'on doit le protéger… même si ça doit nous mettre nous-mêmes en danger.

— Ça ne leur suffisait pas de nous voler nos pouvoirs ? lâcha Piper avec sarcasme. C'est intéressant, tu ne trouves pas ?

— Si…

Les descendantes Halliwell du clan Sol'agath étaient-elles si puissantes que les Dor'chacht les craignaient encore après leur avoir dérobé leur magie ? La question méritait d'être étudiée, mais il importait d'abord de sauver Stanley.

— Kevin sait combien je me soucie de ce pauvre vieillard, ajouta-t-elle. Je lui en avais parlé le premier soir où on a travaillé ensemble.

— Cette réaction pathétique vis-à-vis d'un humain n'est qu'une de tes faiblesses, Paige, lui lança Tov'reh en poussant son otage devant lui.

Stanley trébucha et tomba en avant, en se couvrant la tête pour se protéger du monstrueux magicien qu'était devenu Kevin.

— C'est pour nous impressionner qu'il a choisi un vieil homme ? demanda Phoebe, les mains sur les hanches. Parce que j'ai un scoop, moi : ça ne nous bouleverse pas plus que ça.

Mon Dieu, elle n'a rien imprimé du tout, se dit Paige. Mais, pourquoi pas ? Cela lui procurait une assurance qui devait surprendre leurs ennemis.

— Tu vas payer pour ton insolence, sorcière Sol'agath ! lui cria la femme à la droite de Kevin.

Ses lèvres se retroussaient vilainement sur des dents brisées et noircies.

Paige reconnut Karen à la flûte qui pendait contre sa hanche. Vêtue des pieds à la tête de peau d'animal, elle portait sur le front un bandeau de cuir orné de pierres et de perles, était chaussée de bottes de fourrure, et se protégeait le corps d'un grossier bouclier de métal.

— Quand on voit ce qu'on a en face de nous, riposta Piper, rien n'est moins sûr !

— Comment oses-tu m'insulter ?! éructa-t-elle en se jetant en avant.

Mais, d'un bras, Kevin l'empêcha d'aller plus loin.

— Patience, Sh'tara.

— On a été assez patients ! s'écria alors Kate, sur sa gauche.

Du lierre et des peaux de serpent étaient tressés dans la longue queue-de-cheval qui lui pendait dans le dos.

Kevin portait une épée et une lance dont l'extrémité d'argent assura à Paige que c'était là l'ancienne version de sa canne.

— Moi, Tov'reh, cria-t-il en levant ses armes devant lui, je jure sur ma vie, mon sang et mon pouvoir de venger les Dor'chacht !

Paige fut saisie d'un frémissement glacé lorsque son regard rencontra le sien. Mais elle ne pensait qu'à une chose : détourner l'attention de

Kevin pour arracher Stanley à ses griffes et le mettre hors de danger.

— Ce n'est pas un peu mélo, ce que tu nous racontes, Kevin ? lui lança-t-elle d'une voix qui se voulait assurée.

— Tu oses te moquer de moi ! siffla-t-il en abaissant son épée.

Sans broncher, elle continua de le défier du regard.

— Je suis Ce'kahn ! intervint alors Kate dont l'impatience était à bout. Je suis celle qui commande aux éléments et aux tempêtes !

Le bracelet fixé sur son avant-bras scintilla lorsqu'elle leva son poing vers le ciel. Puis, tandis que sa voix rauque résonnait à travers la vallée, elle abaissa le bras et colla contre son front le dessin gravé dans le métal précieux.

— *Guh-sheen toh dak !*

— Qu'est-ce qu'elle raconte ? murmura Phoebe.

Instinctivement, Piper leva les mains pour empêcher Kate de libérer ses pouvoirs. Ce qui ralentit en même temps les gestes des trois guerriers Dor'chacht, sans complètement les figer.

L'épée de Kevin descendit lentement vers le vieil homme qui rampait à ses pieds.

Quelques secondes qui suffirent à Paige… Elle bondit en avant et saisit la main de Stanley, le libérant ainsi des effets de la magie de Piper.

— C'est Paige, monsieur Addison, lui dit-elle. Venez avec moi ! Vite !

Il leva vers elle des yeux exorbités de peur mais sourit aussitôt en la reconnaissant.

— Bonjour, Paige… Je crois que je suis en train de faire un cauchemar.

— Je sais, lui dit-elle en l'aidant à se redresser pendant qu'elle surveillait Kate du coin de l'œil. Mais, si vous faites ce que je vous dis, tout ira bien.

— D'accord…

Accroché au bras de la jeune femme, il la suivit sans oser se retourner.

Lorsque l'effet de la magie de Piper se dissipa, Kevin, furieux d'avoir été contrarié par une descendante Sol'agath, brandit son épée devant lui et lâcha un rugissement sauvage. Les trois sorcières savaient que son désir fou de vengeance ne ferait qu'accroître sa colère.

Tout en poussant Stanley derrière le rocher où elle était venue s'abriter après avoir atterri dans la Vallée des Âges, Paige se retourna. Du bracelet de Kate devenu rouge flamboyant, elle vit jaillir un éclair d'énergie qui prit la forme d'un maillage lumineux autour de son corps avant de disparaître peu à peu… laissant la guerrière absorber enfin le pouvoir dont elle était privée depuis si longtemps.

— Restez là, monsieur Addison, lui recommanda Paige. Quoi qu'il arrive, ne bougez pas d'ici tant que je ne vous ai pas rejoint. D'accord ?

— D'accord… Mais, si je me réveille ?

— Alors vous serez sain et sauf, lui assura-t-elle avec un sourire avant de s'éloigner.

Un violent coup de tonnerre éclata soudain et Paige sentit son cœur se retourner. Kate faisait agir son pouvoir sur les éléments ; un pouvoir qu'elle-même avait possédé dans le passé, lorsqu'elle était une Enchanteresse du mal. Si Léo ne se trompait pas, elle retrouverait ses capacités… mais pas tout de suite.

Ce qui est bien dommage, songea-t-elle. *Un tremblement de terre bien placé, ça résoudrait une bonne fois tous nos problèmes*. Au lieu de cela, elle ne pouvait compter que sur un pouvoir réduit de moitié et sur sa présence d'esprit pour vaincre l'ennemi.

— *Guh-sheen toh dak !* clama Karen pour inverser à son tour le sortilège prononcé par le vieux sorcier.

Lâchant son bouclier, elle s'empara de sa flûte, la porta à son visage et, sans jouer, en absorba les éclats de magie qui jaillissaient sous ses yeux, récupérant ses pouvoirs perdus depuis trois mille ans.

Debout au milieu de la vallée ensorcelée, Paige ne voyait désormais plus Kevin, Karen et Kate, mais trois guerriers sauvages dénommés Tov'reh, Sh'tara et Ce'kahn.

Cette dernière remuait son index en zigzag, faisant naître un vent diabolique destiné à plaquer à terre les trois Charmed.

— Qu'est-ce qu'elle nous fait, maintenant ? demanda Piper en tenant son bras blessé au cours de sa chute.

— J'aimerais bien le savoir, répondit Phoebe.

— Si on n'agit pas maintenant, il sera trop tard pour tenter quoi que ce soit.

— Il y a quelque chose qui nous échappe, déclara Paige au moment où Tov'reh brandissait ses armes devant lui pour récupérer à son tour ses pouvoirs.

— Quelque chose qui est là, dans ma tête, et que je n'arrive pas à me représenter, continua-t-elle.

— Tu n'as même pas une petite idée ? hasarda Phoebe.

— *Dis-moi, Paige*, lancèrent subitement les yeux saphir de Ce'kahn tandis qu'elle pénétrait la barrière de ses pensées.

— Arrête ! Sors de là ! hurla la jeune sorcière en se frappant le front.

La violation de son esprit lui donnait l'impression que son cerveau était traversé par des millions d'épingles. Puis, la douleur disparut d'un seul coup.

— Regarde-moi, Phoebe ! ordonna alors Sh'tara.

Hébétée, Paige rouvrit les yeux pour voir Phoebe croiser non sans défi le regard pénétrant de la guerrière.

— Qu… quoi ? balbutia-t-elle, les mains plaquées sur les tempes.

Puis elle tomba à genoux, son esprit littéralement pris d'assaut par celui de Sh'tara.

Paige comprit alors qu'il lui suffisait d'un contact visuel pour s'emparer de leurs pensées. Elle allait prévenir Piper quand celle-ci réagit.

— Laisse-la tranquille ! hurla-t-elle en se jetant sur Sh'tara.

Mais elle se vit violemment projetée en arrière lorsque la guerrière fixa sur elle son regard brûlant.

Tov'reh s'arrêta dans son élan pour voir Piper se tordre de douleur sous l'attaque de Sh'tara. Son hésitation lui coûta quelques secondes, à l'instant précis où lui aussi s'apprêtait à inverser le sortilège. Ce n'était pas beaucoup, mais Paige profita de ce précieux interlude pour évaluer la situation.

Elle ne doutait pas que la faculté de Tov'reh d'altérer les choses et les êtres soit aussi puissante et destructrice que chez Sh'tara et Ce'kahn. Elle savait aussi qu'il existait un moyen de les anéantir, mais l'idée lui échappait et tournoyait autour de son esprit sans qu'elle puisse la saisir.

— Elles sont impuissantes ! résonna la voix de

Sh'tara lorsqu'elle fit part de sa découverte à ses frères d'armes.

— Mis à part le texte du *Livre des Ombres*, qui les a aidées à nous identifier, elles ne possèdent rien contre nous. Il n'existe aucun charme, aucun sortilège, aucune potion qui soit capable de nous anéantir.

— C'est Shen'arch qui vous a arrangé ça, aussi ? interrogea Piper dont les yeux rougis luisaient de colère derrière un voile de larmes.

Si on avait trouvé quelque chose dans le Livre des Ombres, réalisa soudain Paige, *Sh'tara le saurait !*

Lui revint alors en mémoire la question que Phoebe avait posée un peu plus tôt : *Et, ce qu'on ne sait pas, ça peut nous faire du mal ?*

Puisque Sh'tara ne pouvait *apprendre* ce qu'elles ne *savaient pas*, leur ignorance avait donc dû jusque-là les protéger de la diabolique manipulatrice mentale ! Une déduction qui lui semblait d'une importance capitale, mais comment en informer Piper sans que les Dor'chacht interceptent leurs pensées ?

— Qui sont ces personnes ? demanda Phoebe.

— Nous sommes votre pire cauchemar, lui répondit Ce'kahn.

— Ça m'étonnerait. Surtout que je déteste les serpents.

— Et moi, je les adore, intervint Tov'reh.

Lâchant son épée, il saisit sa lance à deux mains et en plaça l'extrémité argentée contre son front.

Prise d'un subit accès de fatigue, Paige ferma les yeux, non sans espérer que cet instant de répit lui procure l'inspiration qui lui manquait.

— *Guh-sheen toh dak !* articula Kevin pour parachever le retour du guerrier qu'il était dans la Vallée des Âges.

Paige se força à ouvrir les paupières tandis qu'un faisceau d'étincelles rouges jaillissait du dessin gravé dans le métal de l'arme de Tov'reh. C'est alors qu'une autre phrase lui revint à l'esprit, prononcée un peu plus tôt par Piper : *Ce qui est entré dans un objet magique Dor'chacht doit pouvoir en ressortir, non ?*

Si les Dor'chacht peuvent récupérer leurs pouvoirs, songea-t-elle, *il doit bien y avoir un moyen de récupérer les nôtres, aussi.*

Ce'kahn leva alors les bras comme pour embrasser le ciel.

— Sombres puissances de l'air et de la nuit, regroupez-vous et anéantissez sur l'heure ce clan ennemi vieux de trois mille ans !

Un terrifiant coup de tonnerre résonna dans le lointain, alors que des éclairs commençaient à déchirer la traînée violette des nuages.

Bien que son inspiration continuât encore de lui échapper, Paige se sentit de nouveau secouée par une intuition. Elle et ses sœurs semblaient *toujours* avoir les outils nécessaires quand elles en avaient besoin, que ce soit des potions, des charmes, des incantations ou des sortilèges. Pourquoi dans ce conflit crucial entre clans magiques – entre le bien et le mal – dont dépendait un avenir bon ou mauvais pour les mortels, les moyens de gagner leur seraient-ils refusés ?

— Tes tempêtes impressionnaient les forces magiques des Sol'agath, Ce'kahn, lui dit alors Sh'tara. Mais, sur ces faibles esprits modernes, elles n'ont aucun effet. Tu ne fais que les gaspiller.

Ce disant, elle se tourna vers Paige.

Surtout ne pas croiser son regard ! se dit celle-ci en se concentrant sur un pic acéré qui se découpait à l'horizon.

— Qui traites-tu de faible ? interrogea Phoebe.

— Vous trois, sorcières, lorsque j'en aurai fini avec vous ! Vous ne serez plus rien, que des êtres débiles et sans âme !

— Moi, ça me va, lança Piper. Si nous sommes débiles, nous n'aurons plus peur. Alors, je t'en prie, Sh'tara, accorde-nous l'immense bienfait de nous priver de notre volonté et de notre intelligence. Tout de suite serait le mieux.

Paige comprit alors que Piper tentait par ce biais d'inciter Sh'tara à quitter leur esprit. En lui demandant une faveur, elle la poussait tout simplement à agir dans le sens opposé.

— Ne crois pas que je te ferai ce plaisir, lui

rétorqua-t-elle. Je préfère continuer à vous tourmenter aussi longtemps que possible !

— Moi aussi, enchaîna Tov'reh tandis que les dernières étincelles de magie s'infiltraient dans ses pores. À commencer par les serpents.

— Serpents énormes et affamés ! s'écria Ce'kahn en levant le bras vers un immense chêne.

Un éclair déchira alors le ciel sombre et frappa la base de l'arbre qui explosa dans un fracas de branches crépitantes.

Libérée, l'espace d'un instant, de la manipulation mentale de Sh'tara, Paige tenta désespérément de regrouper les bribes d'informations qu'elle avait pu recueillir. Comme s'il savait le premier danger passé, son subconscient lui révéla certaines allusions qu'elle avait faites, lues ou entendues, puis ignorées.

La seule référence que j'ai vue sur les querelles entre anciens clans parlait d'« inversion », mais c'est tout.

Secouée par un nouveau réflexe de prudence, Paige vacilla. La main de Piper se referma alors sur son bras pour l'empêcher de s'effondrer.

— Je crois qu'on est dans une sale galère, articula Phoebe à côté d'elles.

— Surtout avec ta phobie des serpents, lui rétorqua Piper.

… les champions de la vertu devront défendre la lumière des âges passés, ou renoncer…

Paige ouvrit brusquement les yeux. Menacée par la tempête qui sévissait au-dessus d'elle et par les manipulations mentales de Sh'tara, elle avait du mal à se concentrer sur les indices qu'elle avait enfin pu isoler dans son esprit :... *tout ce qui entre doit ressortir, être inversé, défendre la lumière des âges passés...*

Tout cela avait bien sûr un sens, maintenant !

— Serpent ! ordonna Tov'reh au chêne que Ce'kahn venait de fracasser.

Les branches nues se mirent à ondoyer tandis que l'arbre prenait lentement la forme d'un serpent géant et bleuâtre. Lorsqu'il eut pris sa forme finale, le reptile rampa en direction de Stanley, qui s'était roulé en boule derrière le rocher.

— Je crois qu'il a faim, lâcha Ce'kahn.

D'une paume tournée vers le ciel, elle actionna un vent de tempête qui fit rouler le roc jusqu'au fond d'un ravin tout proche.

Affolé, le vieil homme se recouvrit la tête de ses bras et se pétrifia de terreur.

— Pas question de ça ! s'écria Paige en levant les mains haut devant elle à l'instant où la bête immonde allait avaler sa proie.

— Serpent !

— Paige, non ! hurla Piper avant de lancer les mains en avant pour ralentir la créature.

À demi figé, le serpent resta un instant immobile, sa gueule ouverte oscillant au-dessus du vieux

Stanley… avant de se désintégrer en un million d'étincelles. Allait-il demeurer dans cet état ou se matérialiser à nouveau pour se jeter sur elle ? Paige l'ignorait. Elle n'avait qu'une idée en tête : se ruer sur Stanley pour le protéger.

Tandis que la créature commençait à reprendre forme, la jeune sorcière comprit soudain que le vieil homme roulé en boule devant elle était « la lumière des âges passés », celle dont parlait le *Livre des Ombres*.

L'âme douce et confiante de Stanley Addison n'était autre que la lumière de son propre passé, le symbole de tous les innocents que les descendantes du clan Sol'agath protégeaient depuis trois mille ans.

11

Phoebe regarda Paige transformer le serpent en un véritable feu d'artifice. Elle exécrait les reptiles mais ce monstre était pire encore que tout ce qu'elle avait pu imaginer dans les cauchemars de son enfance.

D'ailleurs, elle se demandait si elle n'était pas en train de rêver.

Les mains projetées en avant, Piper se préparait à figer le serpent lorsqu'il se matérialisa sous ses yeux.

— Essaie un peu de dévorer ma sœur !

— Quelle sœur ? demanda Phoebe en saisissant une branche de l'arbre brisé.

Elle avait le plus grand mal à suivre le scénario qui se déroulait devant elle mais elle savait au moins une chose : elle se battrait jusqu'au bout.

— Cette sœur ! lui dit Piper en indiquant Paige. Oh, et puis laisse tomber…

— Tu n'es qu'une pauvre folle, sorcière ! clama

Tov'reh avec un immense éclat de rire lorsque le reptile reprit forme devant Paige.

Phoebe ne broncha pas lorsque Piper claqua des doigts pour ralentir une fois de plus le serpent luisant et les trois grotesques répliques de *Conan le Barbare*.

— Pourquoi est-ce que tu as fait ça ! s'insurgea Paige. Il se serait désintégré avant…

Mais, sans lui laisser le temps de répondre, les guerriers Dor'chacht et l'animal fantastique reprirent leur avancée menaçante.

— Tu commences vraiment à m'irriter, Piper ! lui lança Sh'tara en montrant les dents.

— Et alors ? répliqua la sorcière avant de les ralentir une nouvelle fois.

— Je crois que je sais comment récupérer nos pouvoirs, souffla soudain Paige. Evitez de regarder Sh'tara dans les yeux ; c'est comme ça qu'elle pénètre notre esprit.

— Tu crois ? interrogea Piper.

— J'en suis certaine, dit-elle en se raidissant lorsque le serpent reprit sa vitesse normale.

Mais, brusquement, l'animal se changea en un millier de minuscules particules de bois et, lorsqu'il explosa, il reprit la forme d'un arbre.

— Non ! hurla Tov'reh.

— Ça marche, murmura Piper qui n'en croyait pas ses yeux.

— Oui, ajouta Phoebe, stupéfaite.

— Désolée, lança-t-elle au groupe des trois guerriers médusés, on fait comme vous. On redevient ce qu'on était !

Elle n'a pas l'air si désolée que ça, songea Phoebe, tandis que l'espèce de sauvage en face d'elle éructait de rage.

Tov'reh leva sa lance et la brandit, pointe en avant, en direction de Paige.

— Tu ne seras pas aussi fière quand tous tes pouvoirs auront disparu, sorcière !

— Piper ! cria-t-elle au moment où il précipitait son arme sur elle.

— D'accord, répondit-elle, les mains en avant.

Une fois le guerrier figé, elle ajouta :

— Vite, on n'a pas trop de temps.

— Il ne m'en faut pas beaucoup, répondit-elle en bondissant de côté pour arracher la lance des mains de Tov'reh.

Rapide comme l'éclair, Paige retourna l'arme entre ses mains à l'instant précis où il se remettait en mouvement. Mais Piper eut le réflexe de le ralentir à nouveau, ce qui laissa un peu de temps à la jeune femme.

— Est-ce que je peux le frapper ? demanda alors Phoebe qui commençait à s'impatienter de ne rien faire.

— Dès que j'aurai retrouvé mes pouvoirs, s'il te plaît, lui rétorqua Paige. Si ça marche...

Lorsque le Dor'chacht se remit en mouvement

pour la deuxième fois, Ce'kahn ouvrit la bouche pour hurler aux éléments de se déchaîner, mais Phoebe choisit cet instant pour lui envoyer en plein ventre la lourde branche qui commençait à lui démanger les paumes.

— Si ça marche... ? demanda Piper tout en figeant le petit groupe pour la troisième fois afin que Paige puisse répondre à sa question.

Les yeux exorbités de surprise, Ce'kahn se courba en deux sous la douleur.

— Pas mal, observa Phoebe avec un petit sourire.

Mais ses deux sœurs étaient bien trop occupées pour apprécier et commenter son geste de bravoure.

— Le passage que j'ai trouvé dans le *Livre des Ombres* sur les clans anciens et sur l'« inversion » ne voulait pas dire inverser l'issue de la bataille, expliqua Paige en enroulant ses doigts sur l'extrémité gravée de la lance. Ce n'était qu'une manière détournée de nous indiquer que l'on pouvait inverser la façon de « saisir notre pouvoir ».

Lorsque Tov'reh retrouva sa mobilité, il poussa un hurlement de rage devant l'audace de Piper, sans savoir ce que les sorcières venaient de découvrir.

Tenant fermement entre ses doigts l'extrémité argentée de la lance, Paige l'appliqua contre son front et articula :

— *Guh-sheen toh dak !*

Horrifié, Tov'reh comprit soudain ce qui se passait et tenta de la lui arracher des mains. Paige tint bon, mais la force du guerrier combinée à l'impératif cosmique qui ordonnait l'équilibre entre toutes choses forcèrent la pointe du long bâton à se diriger contre sa gorge. Ne parvenant pas à se dégager à temps, il ne put éviter un contact fulgurant entre sa peau et le bout métallique. Deux éclairs magiques jaillirent alors au creux de son cou... pour se précipiter à l'intérieur de la lance.

Des étincelles éclatèrent alors autour du manche d'argent avant d'envelopper Paige d'une pâle lueur bleue qui rendit sa peau transparente.

— Qu'est-ce qui se passe, Piper ? demanda Phoebe après avoir frappé Ce'kahn à la tête pour l'empêcher de se redresser.

La guerrière fit une culbute en arrière et atterrit contre Sh'tara, qu'elle déséquilibra au passage.

— Pas le temps de t'expliquer ! cria-t-elle. Attrape le bracelet de Kate !

— De qui ?

— De Ce'kahn ! Derrière toi !

Phoebe se retourna juste au moment où Ce'kahn la saisissait par les jambes et la flanquait par terre. Étourdie, violemment plaquée contre le sol poussiéreux, elle eut le plus grand mal à reprendre son souffle.

— Le bracelet ! lui répéta Piper avant de ralentir Ce'kahn et de zapper Sh'tara au moment où celle-ci se redressait pour attaquer.

Phoebe n'avait aucune idée de ce qui se passait. Elle sentait juste qu'une femme incroyablement forte lui chevauchait le dos et l'empêchait de faire le moindre mouvement.

— Prends-lui son bracelet ! continua de crier Piper qui venait à nouveau de ralentir Ce'kahn.

— Le bracelet… ? répéta-t-elle sans comprendre.

— Oui… attrape-lui le bras !

Cette fois, elle n'hésita plus. Des heures d'entraînement avec Cole dans la cave du manoir lui avaient maintenu une parfaite condition physique et des réflexes d'enfer. Elle se jeta sur les deux poignets de Ce'kahn, glissa les jambes autour de sa taille qu'elle serra comme dans un étau et roula de côté avec elle. Sans relâcher sa poigne, elle ramena les genoux sous elle et les plaqua sur la poitrine de la guerrière.

S'accroupissant auprès de sa sœur, Piper lui demanda de pencher sa tête en avant, de façon à ce que son front arrive à hauteur du bracelet.

— Je la tiens à la gorge, pendant ce temps. Vas-y.

— Pas de problème.

C'est cet instant que choisit Sh'tara pour se précipiter sur les deux sorcières et planter ses ongles dans les épaules de Piper. Mais celle-ci, bien que surprise par cet assaut inattendu, resserra son étreinte et cria :

— Ne la regarde pas dans les yeux, Phoebe !

— Sh'tara ! appela alors Paige.

Sans même lui laisser le temps de réagir, elle l'explosa en un million de particules qu'elle prit soin de disperser au loin dans la vallée.

Ahurie, Phoebe resta un moment sans bouger puis ses yeux se fixèrent sur une créature menaçante qui s'avançait vers elle et ses sœurs.

— Qui c'est, celui-là ? souffla-t-elle au moment où Paige interceptait l'intrus.

— Hors de ma vie, Tov'reh ! cria-t-elle.

D'un majestueux mouvement de bras, elle le précipita vers un épais fourré de ronces. Puis, plantant dans le sol la pointe argentée de la lance, elle demanda :

— Alors, qui est le fou, ici ?

Mais, soudain, Phoebe fut rudement rappelée à l'ordre par Ce'kahn qui émergeait du « ralenti » dans lequel l'avait plongée Piper.

— Tu ne m'échapperas pas, Phoebe ! hurla-t-elle. Je suis Ce'kahn ! J'en appelle au feu !

— Le bracelet, Phoebe ! lui rappela Piper en se jetant de nouveau sur la magicienne.

Lorsque, avec l'aide de sa sœur, elle l'eut à nouveau immobilisée, elle lui saisit le bras et dit :

— Maintenant, baisse la tête, Phoebe.

Puis, lentement, elle lui appliqua le bracelet de Ce'kahn sur le front.

Celle-ci se débattit comme une sauvage pour se dégager et empêcher Phoebe d'entrer en contact avec le métal gravé, mais en vain.

— Prononce ces paroles, Phoebe, lui dit Piper : *Guh-sheen toh dak !*

— *Guh-sheen toh dak !* répéta la jeune femme.

Soudain, une cascade d'étincelles bleutées jaillit de la partie rougie du bracelet puis l'enveloppa d'un pâle rideau de brume.

Ce'kahn lâcha un hurlement rauque tandis que des éclairs rouges s'échappaient de sa bouche et de ses yeux pour pénétrer le bracelet.

L'inversion des pouvoirs dura moins d'une minute. Le vent et le tonnerre s'apaisèrent, les éclairs se raréfièrent pour disparaître complètement, ne laissant que la lune pour éclairer un ciel désormais sans nuages.

Ce'kahn, cependant, n'était pas prête à se rendre. Lorsque Phoebe se releva, la guerrière Dor'chacht bondit en position accroupie. Rendue folle par la haine et la fureur, elle sauta sur la jeune sorcière en braquant sur son visage des mains qui ressemblaient à des serres. Le bracelet lui glissa du bras tandis que Phoebe lévitait pour se mettre hors d'atteinte.

Vaincue, privée de son pouvoir et de son âme, Ce'kahn s'effondra d'un coup.

Quant à Tov'reh, il s'extirpa non sans peine du fourré de ronces où Paige l'avait précipité, et s'avança en titubant, le regard vide, le visage en sang, anéanti par la défaite.

Les deux guerriers hors d'état de nuire, la magie de Paige et de Phoebe retrouvée, Piper ne s'inquiétait plus de l'issue du combat contre les Dor'chacht. En revanche, récupérer ses pouvoirs était loin d'être une certitude pour elle.

Elle évita de croiser le regard de Sh'tara tandis que la guerrière, qui avait repris sa forme, se redressait lentement. Piper savait que celle-ci pouvait la rendre folle si elle parvenait à s'immiscer dans son esprit, mais il était hors de question de tester cette théorie. Et puis ses pouvoirs n'étaient pas encore neutralisés.

— Tu peux gagner cette guerre, sorcière Sol'agath, lui cria-t-elle, mais tu paieras cher le prix de ta victoire !

Avec un sourire maléfique, elle saisit la flûte qui pendait à sa ceinture.

Paige s'avança alors vers elle, tendit la main et lança :

— Flûte !

— Je ne sais pas si le seul fait de la toucher me rendra ma magie, Paige, lui dit Piper tandis que l'instrument atterrissait entre ses doigts. Ni même si ça lui ôtera les siens…

— Et pourquoi pas ? rétorqua-t-elle en téléportant Sh'tara un peu plus loin pour que la flûte n'ait aucune influence sur elle.

L'aisance avec laquelle elle se débarrassa de la magicienne enflamma la fierté bafouée de Tov'reh. Bien que blessé et encore chancelant, il se rua vers les trois sorcières avec un rugissement de bête sauvage.

Mais Paige le téléporta aussitôt dans... le buisson épineux qu'il venait de quitter. Piper aurait trouvé la situation plutôt cocasse si elle ne s'inquiétait pas des pouvoirs qui lui manquaient encore.

— À nous trois, expliqua alors Paige, on peut arriver à bout de Sh'tara, comme vous l'avez fait avec Ce'kahn. Mais à condition de ne pas la regarder dans les yeux.

Piper aurait aimé que ce soit aussi simple que ce que disait Paige.

— Et quand on aura anéanti les trois Dor'chacht, continua-t-elle, *tu* réduiras leurs pouvoirs à néant en explosant le bracelet, la flûte et la canne. Et on en aura fini avec eux une fois pour toutes.

— Ça pourrait marcher, lui répondit Piper, sauf que Karen a joué de la flûte pour m'ôter mes pouvoirs juste après que je l'avais touchée !

— Oh ! lâcha Paige. J'avais oublié qu'elle jouait de son instrument pour agir sur ta volonté et te voler tes pouvoirs.

— Et on ne peut pas la forcer à jouer pour inverser le processus.

— On ne peut pas forcer Sh'tara à jouer, intervint Phoebe, mais on peut peut-être forcer la flûte à jouer.

— Euh… Phoebe, tu as retrouvé ta mémoire ou tu es devenue totalement cinglée ?

— Non, je crois que ma mémoire m'est revenue tout simplement en même temps que mes pouvoirs. C'est logique, non ?

— Hé ! s'écria alors Paige. C'est vrai, je ne suis plus fatiguée ! Je n'ai plus sommeil !

— Moi non plus ! lança Stanley en ouvrant les yeux. Je… je suis réveillé ?

— Et moi, pleura Piper, je vais rester toute ma vie une pauvre sorcière sans pouvoirs ? Ce n'est pas possible, je n'y crois pas !

— Pas question ! reprit Phoebe. Les filles, vous êtes prêtes pour un sortilège prononcé par le Pouvoir des Trois ?

— Oui, mais le *Livre des Ombres* disait qu'il n'existait pas de sortilège pour vaincre les Dor'chacht.

— Qui parle de les vaincre ? sourit Phoebe. Je ne me rappelle pas exactement quand mais, lorsque je griffonnais mes notes, j'ai eu l'idée d'écrire un sortilège pour commander à la flûte de jouer toute seule.

De la poche de son jean, elle sortit son petit carnet en s'exclamant :

— Le voilà !

— Phoebe, tu es géniale ! s'écria Piper en l'embrassant.

C'est alors que, du coin de l'œil, elle vit Sh'tara s'avancer vers elle d'une démarche menaçante.

— Les filles, je crois qu'on devrait s'y mettre, maintenant. En espérant que le « Pouvoir de Deux et Demie » marchera…

— Prêtes ? demanda Paige en brandissant la flûte devant elle.

— Quand tu veux, dit Phoebe.

Une main tendue vers la guerrière, Paige la téléporta jusqu'à elles et, ensemble, les trois sœurs la plaquèrent au sol avant qu'elle n'achève de se reformer.

— Penche-toi en avant, Piper ! lui ordonna Paige.

Elle plaça la flûte contre le front de Sh'tara et l'embouchure contre le visage de Piper.

— Maintenant, prononce les paroles Dor'chacht.

— *Guh-sheen toh dak !* résonna la voix de Piper jusqu'au fond de la vallée.

Sh'tara parut se flétrir tandis que des volutes de magie rouges et crépitantes s'échappaient de sa bouche pour infiltrer le cylindre de bois.

Retenant la guerrière par une main plaquée sur sa gorge, Phoebe ouvrit son carnet et le leva devant les yeux de ses sœurs. Puis elle commença à réciter et, un instant plus tard, Paige et Piper se joignirent à elle.

— *Après les rires d'hier et les pleurs d'aujourd'hui, inverse-toi, sort mystique. Et toi, flûte magique, les Sol'agath t'ordonnent de jouer afin que ses pouvoirs soient rendus à Piper...*

Tandis qu'une étrange mélodie s'élevait au cœur de la vallée, une lueur bleue enveloppa la jeune femme. Au son particulier des notes qui donnaient l'impression d'être jouées à l'envers, Piper sentit la tristesse quitter lentement son âme et sa magie lui revenir peu à peu.

Puis elle lâcha un petit rire de soulagement lorsque l'instrument se tut.

— C'était une jolie chanson, déclara Stanley en s'approchant d'un pas traînant.

— Tiens-toi prête, Piper, dit alors Paige avant de jeter la flûte dans les airs. On va tester ta magie. Une, deux...

À trois, Piper jeta les mains en avant.

Mû par une vélocité moléculaire, l'instrument de bois accéléra brusquement. Puis il se désintégra, pour retomber sur le sol en une fine pluie de sciure.

— Oui ! s'exclama Phoebe en relâchant Sh'tara, dorénavant inoffensive.

Ravie d'avoir retrouvé ses pouvoirs, Piper visa la lance de Tov'reh puis le bracelet de Ce'kahn et les explosa en mille débris en même temps que se volatilisait la magie des démons K.

Le vortex qui venait d'emporter dans ses entrailles les trois guerriers vaincus se dissipa dans un grondement sourd, puis le silence s'installa au milieu de la Vallée des Âges.

La lune disparut alors derrière l'horizon pour laisser place à un soleil levant.

— C'est notre billet de retour ? demanda Paige lorsqu'une lueur dorée balaya le paysage autour d'eux en l'imprégnant d'une douce tiédeur.

Prudente, elle agrippa Stanley par le pan de sa chemise afin qu'il ne s'échappe pas.

— On va tout de suite le savoir, répondit Phoebe en entourant le petit groupe de ses bras.

— Tenez-vous bien ! lança Piper lorsque la puissante lumière les enveloppa d'un halo étincelant.

12

Quand elle émergea du portail magique pour se retrouver dans le salon du manoir, Paige avait l'estomac retourné. Mais, comme lors de son voyage précipité vers la Vallée des Âges, l'effet se dissipa assez vite.

— Tout le monde est là ? demanda Phoebe en comptant les têtes.

— Je ne dors plus, n'est-ce pas ? interrogea Stanley d'une voix hésitante.

— Non, monsieur Addison, vous ne dormez pas, lui répondit Paige avant de lâcher le pan de sa chemise.

— Ah, bon… j'aurais bien besoin d'une petite sieste, pourtant.

Sans en attendre la permission, il se laissa tomber sur le canapé et ronflait déjà quand Paige vint le couvrir d'un plaid.

C'est alors que Léo et Cole déboulèrent de la cuisine.

— Vous êtes rentrées ! s'exclamèrent-ils en chœur.

— Toi aussi ! répliqua Phoebe dont le sourire illumina la pièce. Alors, la pêche a été bonne ?

— Non, répondit-il en l'embrassant tendrement avant de s'écarter pour la regarder. Et vous ?

— On a pêché Stanley, c'est tout. Les Dor'chacht l'avaient enlevé. Ils devaient croire que notre sens du devoir vis-à-vis d'un innocent nous désavantagerait encore par rapport à eux.

— Apparemment, ça n'a pas marché, observa Léo en passant un bras autour des épaules de Piper.

— Non, sourit-elle. Et le fait de nous voler nos pouvoirs ne les a pas aidés non plus.

— Et Stanley… ça va ? demanda-t-il en regardant le vieil homme endormi.

— Oui, tout à fait, dit Paige. En tout cas, on n'a pas à s'inquiéter de ce qu'il pourrait raconter sur notre magie et tout le reste.

— Qu'est-ce qu'il a vu ?

— Beaucoup de choses mais il n'est pas exactement… cohérent, si tu vois ce que je veux dire. Par exemple, s'il se met à parler du vortex qui nous a ramenés ici, ou d'arbres qui se transforment en serpents géants, personne ne le croira.

— Des arbres qui se transforment en serpents ? répéta Cole en s'approchant. Ça donne froid dans le dos.

— Tu peux le dire, rétorqua Piper. Mais, même avec nos pouvoirs réduits, on a réussi à s'en sortir.

— C'est ce qu'on voit, reprit Léo sur un ton admiratif en serrant de nouveau sa femme entre ses bras. Vous êtes rentrées, le soleil brille, les Anciens n'ont pas actionné la sirène d'alarme et… je meurs de faim. Veiller toute la nuit en se faisant du souci pour vous, ça vous creuse un bonhomme.

— C'est vrai que je dévorerais bien un beignet, fit-elle.

— Je vais en acheter, proposa Cole.

Mais Phoebe s'empressa de lui arracher des mains les clés de voiture qu'il venait de sortir de sa poche.

— Attends d'abord que je monte me changer, je viens avec toi. Ça fait quatre jours que je ne t'ai pas vu, je ne te laisse plus partir seul !

— Et, qu'est-ce qui est arrivé à Kevin, Karen et Kate, finalement ? demanda Léo.

— Qui s'appellent aussi Tov'reh, Sh'tara et Ce'kahn, précisa Piper.

Après l'avoir gentiment fait s'asseoir dans un fauteuil, elle prit place sur ses genoux et, avec un long soupir, appuya la tête contre son torse.

— Vous les avez anéantis ? interrogea Cole.

— Impossible, répondit Phoebe. Le *Livre des Ombres* avait raison. Il n'existe pas de charme, de sortilège ou de potion capables de vaincre les Dor'chacht.

— Mais, ils ne s'en sont pas tirés comme ça, tout de même ? insista Cole. Beaucoup de démons de haut rang étaient furieux de voir Shen'arch tricher ainsi avec le destin.

— Pourquoi le fait de tricher ennuierait-il les démons ? demanda Léo.

— Dans ce cas précis, cela aurait créé un très mauvais précédent, répondit-il. Un démon se plaît à tourmenter ceux qui perdent en son nom. Les Dor'chacht n'ont pas souffert de leur défaite car ils ont été suspendus dans le temps jusqu'à ce que leur arrive cette seconde chance volée par Shen'arch. Personne en bas ne souhaitait qu'ils gagnent.

— Ils n'ont pas gagné, déclara Paige en se laissant tomber à son tour dans un fauteuil.

Par diplomatie, elle ne précisa pas que, si Cole n'était pas parti pêcher, il aurait pu leur épargner bien du temps et des soucis. Le fiancé ex-démon de Phoebe représentait en effet une inestimable source de renseignements sur les forces du mal.

— Les Dor'chacht sont retournés dans le monde souterrain, là où est leur place, commenta Phoebe avec un sourire.

— Gilbert aussi, annonça Léo.

— On a perdu notre gremlin ? demanda Piper en se redressant. Comment avez-vous réussi à… ou peut-être que je ne devrais pas le savoir ?

Le visage de Léo s'empourpra légèrement.

— Je… heu… J'ai coupé l'eau pendant une heure et il… il est parti.

— Comme ça ? s'étonna Paige. On s'est enquiquinés à laisser traîner de la nourriture et des déchets dans la cuisine et les salles de bains, alors qu'il suffisait de fermer l'eau ?

— Exactement, lâcha-t-il. Au fait, M. Cowan a appelé il y a une vingtaine de minutes. Doug se demandait où était passé Stanley.

— J'appellerai le refuge pour dire à Doug que tout va bien, soupira-t-elle.

— Oui, mais ce n'est pas pour ça que M. Cowan a appelé, lui précisa Léo en souriant. Il voulait que tu saches que le foyer de Hawthorn Hill avait accepté de prendre Stanley. Il peut s'y installer dès aujourd'hui.

— Vraiment ? s'exclama-t-elle avant de bondir de son fauteuil pour embrasser son beau-frère.

Le vieil homme était sans doute trop épuisé par son aventure pour se réveiller, mais Paige s'agenouilla malgré tout auprès de lui pour lui annoncer la nouvelle :

— Vous savez quoi, monsieur Addison ? Vous allez avoir un nouveau foyer avec un lit à vous, une chambre à vous, une vraie douche et trois repas par jour.

Roulant sur le côté, Stanley ouvrit un œil et demanda :

— Je suis encore en train de rêver ?

— Non, c'est la vérité.

Mais son sourire disparut quand elle le vit prendre un air déçu.

— Il y a quelque chose qui vous ennuie ?

— Non, mais… je voudrais retourner dans mon rêve pour revoir la partie où le sol s'ouvre et dévore les méchants.

— Oui, moi aussi j'ai bien aimé cette partie, lui avoua Paige.

Achevé d'imprimer sur les presses de

BUSSIÈRE

GROUPE CPI

à Saint-Amand-Montrond (Cher)
en mai 2003

FLEUVE NOIR
12, avenue d'Italie
75627 Paris Cedex 13
Tél. : 01-44-16-05-00

— N° d'imp. : 33133. —
Dépôt légal : juin 2003.

Imprimé en France